LES MILLE

ET UN

QUART-D'HEURE.

CONTES TARTARES.

TOME SECOND.

LES MILLE

ET UN
QUART-D'HEURE.

CONTES TARTARES.

Ornés de Figures en
Taille-Douce.

TOME SECOND.

A PARIS,

Chez ANDRE' MORIN, ruë Saint
Jacques, à Saint André.

M. DCC. XXX.
Avec Approbation & Privilege du Roi.

LES MILLE
ET UN
QUART D'HEURE.
CONTES TARTARES.

XLI.

QUART-D'HEURE.

E bruit de sa chute fit entrer dans sa chambre quelques personnes de l'équipage ; elle retentit bien-tôt de leurs cris. J'avois encore le poignard à la main, & j'en tournois la pointe contre moi mê-

me pour ne pas mourir par des
mains indignes d'être trempées
dans mon sang, lorsque l'on me
saisit le bras ; c'étoit le cruel Naxour, digne fils de celui que je
venois de tuer : Perfide, me dit-il,
écumant de rage, la mort que tu
te préparois te seroit trop douce
& trop glorieuse, je veux te faire
expier dans les tourmens les plus
affreux, le crime que tu viens de
commettre envers mon pere.
Alors m'ayant fait attacher les
fers aux pieds & aux mains, il me
fit descendre à fond de cale & af-
sembla les principaux du Vaisseau
pour décider de quel genre de
supplice on me feroit mourir. Pendant que l'on étoit au Conseil pour
délibérer sur ma mort, l'on apperçut un Vaisseau qui venoit à
nous à pleines voiles. Le desir du
butin fit suspendre celui de la vengeance. Naxour se prepara à l'at-

taquer, mais quand au Pavillon il reconnut que celui qui le montoit, devoit être le celebre Faruk, la peur commença à s'emparer de son ame. Ce dernier n'avoit jamais été vaincu : il sembloit que la Fortune & la Mer qui sont si inconstantes pour les autres, lui fussent assujetties. On se battit pourtant dans notre Vaisseau avec beaucoup de valeur ; mais enfin Nakour & les plus braves de ses gens ayant passé sous le sabre de Faruk, les autres furent obligés de mettre bas les armes. Le Vainqueur entra dans notre Vaisseau, le visita d'un bout à l'autre ; & s'étant informé du sujet de mes chaînes, il admira la resolution que j'avois témoignée, & m'ayant fait détacher & passer dans son bord avec tous les autres Esclaves, il fit couler à fond le Vaisseau de Nakour. Voilà, Madame, continua Sat-

ché-Cara , voilà le ſujet de mes
larmes, vous voyez que les Aſtres
m'ont toûjours perſecutée ; en but-
te aux deſirs d'un malheureux
Juif, je n'ai évité ſes perſécutions
par une protection ſurnaturelle ,
que pour tomber preſque auſſi-tôt
entre les mains d'un brutal Corſaire, & je n'en ſuis délivrée que
pour devenir Eſclave d'un autre ,
qui paroît, à la verité , honnête
homme, mais dont l'humeur tendre ne laiſſe pas de m'allarmer.
Un enchaînement de diſgraces
fait tout le cours de ma vie , &
quelque promeſſe que m'ait faite
le Génie Firnaz , je ne vois que
trop que mes malheurs ne fini-
ront pas encore ſi-tôt.

SUITE DE L'HISTOIRE

De Gulguli-Chemamé Princesse
de Teflis.

JE fis mon possible, Seigneur,
pourfuivit la belle Georgienne, pour rendre la tranquillité
d'esprit à la jeune Princesse de
Borneo; elle commençoit un peu
à oublier sa douleur, lorsque nous
fûmes rencontrés par un Vaisseau
dont la poupe & les mats étoient
dorés, & les voiles de satin
couleur de feu. Cette singularité
auroit donné envie à Faruk de
l'attaquer, quand même il n'auroit pas fait le mêtier de Corsaire:
il n'hésita donc pas à donner le signal du combat. On s'accrocha,
& l'on se battit de part & d'autre

avec une intrepidité achevée.

Un Noir de six pieds de haut, &
qui paroissoit commander le Vaisseau doré, se trouvoit par tout où
le danger étoit le plus grand, & sa
presence animoit ses soldats, qui
sembloient tous autant de Heros.

Ce Guerrier sauta dans notre
Vaisseau, & paroissant prendre de
nouvelles forces, en nous appercevant Satché-Cara & moi, il renversa tout ce qui se presenta devant lui.

Faruk, justement allarmé de la
bravoure de ce jeune homme, &
croyant être le seul qui lui pût tenir tête, s'attacha à lui : Jamais,
Seigneur, l'on n'a vû se battre
avec tant de courage & d'égalité ;
tous les soldats suspendirent leurs
coups pour être témoins de ceux
de ces illustres Guerriers, mais
enfin, la Fortune en décidant, ou
pour mieux dire, les armes du

Noir se trouvant d'une meilleure
trempe, il fit de larges blessures à
Faruk, & le mit sous lui. Le Corsaire en cet état, ne crut pas qu'il
lui fût honteux de se rendre : Je
suis vaincu pour la premiere fois,
dit-il, mais j'espere, Seigneur,
de votre generosité un reste de vie
dont je vous serai éternellement
redevable. Levez-vous, lui répondit tranquillement le redouta-
ble Noir, en lui tendant la main,
& recevez mon amitié, au lieu des
chaînes dont un autre vous ac-
cableroit peut-être ; je fais plus,
je vous rends votre Vaisseau &
votre équipage à l'exception de
ces deux Princesses, que je vous demande pour le prix de ma victoire.

Quelque passion que j'eusse inspiré à Faru k, continua Gulguli-
Chemamé, car c'étoit la jeune
Princesse de Borneo & moi, que
le Vainqueur se reservoit, ce

Corſaire fit un effort ſur lui-même : La vie que vous m'offrez, Seigneur , dit-il au Noir, m'eſt moins cherê que l'une de ces Princeſſes ; cependant je vous la cede ; & quoique penetré de la douleur la plus vive , je ne murmurerai point de votre bonheur.

Nous reſtâmes plus mortes que vives la jeune Princeſſe & moi , & nous étant tendrement embraſſées, nous étions ſur le point de nous précipiter dans la mer , plûtôt que de devenir la proye du Vainqueur , lorſque ce brave Guerrier ôtant ſon Turban, & ſe découvrant le viſage qu'il avoit entierement caché d'un crêpe noir très-delié, nous fûmes dans un étonnement ſans égal , Satché-Cara & moi , de reconnoître dans notre Vainqueur , elle l'original de ſon portrait , & moi tous les raits du petit Prince d'Achem.

XLII.

QUART-D'HEURE.

NOus étions toutes deux immobiles, lorſque ce Héros riant de ma ſurpriſe, m'adreſſa ainſi la parole.

Vous ne vous trompez pas, me dit-il, aimable Gulguli-Chemamé, vous voyez devant vos yeux un Prince qui ne vous eſt point inconnu ; mais il ne paroît plus devant vous tel que vous l'avez vû autrefois : la même Fée Mulladine qui m'a protegé contre la tirannie de Coſayb, a étendu ſes bienfaits au-delà de mes eſperances ; c'eſt ce que je vais vous raconter. Nous paſſâmes alors, continua la belle Georgienne, Satché-Cara, Faruk & moi dans le Vaiſſeau du Prince ; & nous étant aſſis fur des couffins brodés d'or , il nous parla en ces termes , après que l'on eut panfé les playes de Faruk , dont aucune ne fe trouva dangereufe.

CONCLUSION

DE L'HISTOIRE.

De Boulaman - Sang - Hier, Prince d'Achem.

JE ne vous eû pas plûtôt vûë, Madame, monter fur votre Vaiſſeau, que l'extrême douleur que je reſſentis de votre perte, me réduiſit au déſeſpoir ; je reſolus de mourir, puiſque je n'avois pas eu le bonheur de vous plaire, & je retournai au Palais dans ce deſ-ſein. Je me promenois en rêvant au bord du même Canal où j'avois été aſſez heureux pour obliger la Fée Mulladine, lorſqu'agité par un mouvement inconnu, je pris tout d'un coup la réſolution d'éteindre ma vie dans les eaux. Je n'eus pas plûtôt conçu ce desséin, que je l'executai ; je me précipitai dans le Canal , où après avoir combattu assez long-tems contre les eaux, j'allai sans doute au fond. Je m'imaginai bientôt, Madame, n'avoir executé ma résolution qu'en songe, lorsque je me trouvai dans un Palais qui me parut de cristal de roche, & que je me vis couché sur un Sopha d'ambre jaune. Etonné de ces merveilles , j'y rêvois encore , lorsque la Fée Mulladine se presenta devant moi: J'ai pitié de vous, Prince , me dit-elle , je ne puis avec tout mon art , vous faire aimer de Gulguli-Che-mamé, un autre est destiné à pos-seder son cœur & sa main ; mais pour vous consoler de sa perte , je veux vous donner le choix entre les plus belles Princesses de l'Uni-vers.

A peine Mulladine eut-elle ainfi parlé, qu'elle prononça à demi-
bas certains mots inconnus : l'a-
voüerai-je, Madame, au même
inftant je fentis mourir dans mon
cœur l'extrême paffion que j'avois
pour vous ; la feule eftime en prit
la place.

La Fée alors me voyant changé, me conduifit dans un cabinet
reculé, elle me fit paroître dans
une glace enchantée, les plus
charmantes perfonnes de l'Uni-
vers. J'en laiffai paffer un grand
nombre fans y faire la moindre attention ; & ce ne fut qu'en y
voyant la belle Satché-Cara, que
je reffentis les tranfports les plus
vifs.

La jeune Princeffe de Borneo,
continua Gulguli - Chemamé,
rougit extrêmement à ces dernieres paroles ; elle alloit interrompre le Prince, lorfque s'apperce-

vant de l'émotion où elle étoit :
Permettez , Madame , lui dit-il ,
que j'acheve une Hiſtoire auſſi
particuliere que la mienne ; alors
reprenant ſon diſcours. La Fée ,
pourſuivit-il , qui m'examinoit ,
remarqua mon trouble & la ſurpriſe de mes ſens, il ne falloit pas
moins que cette belle brune , me
dit-elle en ſouriant , pour vous
faire oublier Gulguli-Chemamé;
mais, Prince, pour rendre votre
bonheur plus parfait, je veux encore reparer l'injuſtice que la nature vous a faite ; avalez avec confiance cette liqueur, vous en connoîtrez bien-tôt la vertu. Je n'eus
pas plûtôt obéi à la Fée, que je reſſentis par tout le corps des mouvemens extraordinaires ; mes
membres ſe déboëterent , pour
ainſi dire , & mon corps prenant
une forme nouvelle , je me trouvai auſſi - bien proportionné que

vous me voyez aujourd'hui , fans
avoir rien perdu des traits que
j'avois étant Nain. Ce n'eſt pas encore faire aſſez pour vous , me dit
Mulladine, je veux envoyer votre
portrait à la Princeſſe qui doit
faire votre bonheur , & que vous
receviez le ſien , alors elle me pre-
ſenta une boëte de diamants , au
fond de laquelle étoit peinte la
charmante Satché-Cara, avec toutes les graces dont elle eſt ornée ;
& m'ayant montré le mien dans
une pareille boëte ; dans p ', me
dit-elle , cette peinture fera autant d'effet fur le cœur de la Princeſſe , que la ſienne en a déja fait
ſur le vôtre.

J'étois ſi péné*t*ré des bontés de
la Fée , que je me proſternai à ſes
pieds ſans pouvoir proferer une
ſeule parole : Elle me releva &
m'embraſſa avec bonté : Allez,
Prince , continua t-elle, allez au

secours de votre Princeſſe ; courez la délivrer de la captivité où
je la vois réduite, & rendez en
même tems la liberté à Gulguli
Chemamé. La Fée m'ayant encore couvert le viſage de ce voile
pour vous ſurprendre plus agréa-
blement, me tranſporta dans un
Vaiſſeau doré que les vents ont
pouſſé où ma préſence étoit néceſſaire. J'ai obéï, Madame, aux
ordres de Mulladine, & j'ai été
aſſez heureux pour exécuter en
peu de tems tout ce qui peut contribuer au repos de ma vie, ſi la
charmante Satché Cara veut ſuivre ſans répugnance les conſeils
de la Fée ma protectrice.

Le Prince d'Achem ayant ceſſé
de parler, continua Gulguli-Chemamé, la jeune Princeſſe de Borneo, dont la pudeur combattoit
les ſentimens de tendreſſe que lui
avoient inſpiré pour Boulaman-
Sang hier

Sang-hier l'Anneau de réfléxion , & la Fée Mulladine , héfitoit à répondre aux empreffemens du Prince ; mais me joignant à lui , je l'engageai à ne plus diffimuler ce que fon cœur reffentoit pour un Prince fi charmant , depuis le moment qu'elle avoit trouvé fon Portrait.

Boulaman-Sang-hier penfa mourir de joye , en apprenant fon bonheur de la bouche même de Satché-Cara ; il lui marquoit tendrement les obligations infinies qu'il avoit à Mulladine , lorfque cette Fée parut tout d'un coup dans un Vaiffeau encore plus magnifique que celui du Prince d'Achem , & qui jufqu'alors avoit été enveloppée d'un nuage qui la cachoit à mes yeux.

XLIII.

QUART-D'HEURE.

MUlladine étoit accompagnée du Roy & de la Reine de Java, du Prince Samir-Agib, & de la Princesse son épouse : Je viens couronner mon ouvrage, dit-elle à Boulaman-Sang-hier, voilà, Seigneur, les seules personnes qui pourroient s'opposer à votre bonheur ; je les ai disposé à vous être favorables ; ils consentent que vous soyiez uni avec la belle Satché-Cara.

On s'embrassa, Seigneur, de part & d'autre avec beaucoup de tendresse, & la Fée ne voulant plus differer la satisfaction du Prince d'Achem, elle nous transporta en un instant à Borneo, où après avoir guéri Faruk de ſes bleſſures, l'on célébra par mille Fêtes les nôces de ces tendres époux,

SUITE DE L'HISTOIRE.

De Gulguli-Chemamé Princesse de Teflis.

POur moi, continua la belle
Georgienne, quelqu'empres-
sement que j'eusse de trouver le
Prince qui m'étoit destiné, je ne
m'ennuyois pas dans une aussi aimable compagnie. Faruk, qui
suivant l'exemple du Prince d'A-
chem, avoit avec moi passé de
l'amour le plus violent, à l'estime la plus parfaite, ne me quittoit presque pas. Madame, me
dit-il, un jour, puisque je n'ai
pas le bonheur d'être choisi par
notre grand Prophète, pour vous
remettre dans vos Etats, ne puis-

jé du moins contribuer à votre bonheur, en vous aidant à trouver le Prince que les Aſtres vous promettent ? Je ne crus pas devoir refuſer les offres de Faruᴋ ; je l'avois reconnu ſi honnête homme, & j'avois trouvé ſes manieres ſi peu corſaires , que je n'héſitai point à m'engager de me remettre entre ſes mains.

Enfin, Seigneur, après un aſſez long ſéjour à Borneo, je m'embarquai dans le Vaiſſeau de Faruᴋ. Les vents nous furent très-favorables les trois ou quatre premiers jours, mais au cinquiéme un calme ſi grand nous ſurprit, que nous ne pûmes avancer ni reculer. Faruᴋ qui ſouffroit autant que moi du retardement des vents, ne négligea aucune occaſion de me plaire pendant neuf jours que dura cette bonace. Il cherchoit à m'amuſer par quelques Hiſtoires

qui puſſent diminuer ma mauvai-
ſe humeur ; & comme il avoit
beaucoup d'eſprit & de politeſſe,
& qu'il racontoit fort agréable-
ment, je l'écoutai avec plaiſir ;
mais, Seigneur, lui dis je, parmi
ces hiſtoires ſi ſingulieres, me laiſ-
ſerez-vous ignorer la vôtre : La
conduite que vous avez tenuë
juſqu'à preſent avec moi me fait
croire que vous êtes tout autre
que ce que vous paroiſſez, & je
ſuis beaucoup plus curieuſe de ſavoir vos avantures que celles que
vous m'avez contées juſqu'à pré-
ſent.

Faruᴋ en ce moment me fit
connoître par un ſoupir qui lui
échapa malgré lui, la peine que
lui cauſoit ma curioſité : Je ne
puis vous rien refuſer, me dit-il,
vous avez, Madame, trop d'empire ſur moi pour vous cacher davantage qui je ſuis ; préparez-vous

donc à écouter la vie d'un malheureux Prince , dont presque
tous les momens sont marqués
par quelque triste catastrophe.

CONTINUATION

DE L'HISTOIRE

D'Outzim-Ochantey, Prince de la Chine.

LA Princesse de Teflis, poursuivit Ben-Eridoün, alloit raconter à Outzim-Ochantey l'histoire de Faruk, lorsque Gulpenhé
rentra dans le Salon ; elle présenta la main au jeune Prince de la
Chine, le conduisit dans un Cabinet dont les tapis de pied rele-
vés d'or & de soye, étoient sémés
de fleurs les plus douces à l'odo-
rat ; on apporta de l'eau rose pour
lui laver les mains : on lui parfu-
ma la barbe avec une Cassolette
d'or :

d'or : enfuite l'on fervit une Colation magnifique, & des liqueurs,
après quoi Gulpenhé ordonna à
toutes fes femmes de les laiffer
feules.

Le Prince trembla à cet ordre ;
& Gulguli-Chemamé qui n'avoit
point été exceptée, le regarda fi
triftement, en fortant du Cabinet, qu'il fut prêt à fe lever de
deffus fon Sopha, & à quitter
brufquement Gulpenhé. Il fentit
pourtant toute l'imprudence qu'il
y auroit d'en agir ainfi, & refta
auprès d'elle ; mais quelque arti-
fice dont cette Princeffe fe fervit
pour féduire fon cœur : il demeu-
ra dans un refpect ftupide que
toutes fes careffes ne purent détruire.

Une pareille conduite auroit
piqué au vif tout autre que Gulpenhé ; mais cette Princeffe feignant de ne fe pas appercevoir

de l'infenfibilité du Prince, ou
l'attribuant à toute autre chofe
qu'au mépris qu'il avoit pour elle,
elle parut contente de fa conver-
fation ; & l'heure étant venuë de
fe féparer , elle remit Outzim-
Ochantey entre les mains de la
vieille Kouroüm la fidele confi-
dente de fes plaifirs. Le Prince la
fuivoit , lorfqu'en paffant dans
une efpece de Coridor affez obf-
cur , on lui gliffa adroitement
dans la main un Billet à peu près
en ces termes.

Il eft affez difficile de réfifter
long-tems aux tendres empreffe-
mens de la perfonne que vous
quittez ; mais je compte , Sei-
gneur, qu'il vous aura été facile
de démêler fes artifices ; diffimu-
lez cependant avec elle jufqu'à ce

que vous ayez trouvé le moyen
de me tirer de la triste servitude
où je suis : J'espere vous voir demain au combat des Tigres dont
le Roy Kuseh regalle Atabec ;
si je ne puis vous y parler, je ferai
ensorte de vous faire couler sur la
brune dans mon appartement où
j'ai mille choses à vous dire.

LA PRINCESSE DE TEFLIS.

Outzim-Ochantey baisa mille
fois cette Lettre ; elle l'affermit
encore dans la résolution d'être
fidelle à sa chere Princesse ; & il
se coucha le cœur rempli d'une
joye excessive. A peine ce Prince
fut-il éveillé le lendemain, que
Gulpenhé poursuivant son dessein, lui envoya dans une Cor-
beille brodée d'or une écharpe

C ij

magnifique, & lui fit dire qu'elle
fouhaitoit qu'il fe trouvât à fon
lever.

Comme les hommes abordoient
avec liberté à fon appartement,
le Prince s'y rendit de très-bonne
heure, comptant bien y trouver
Gulguli-Ghemamé: Il ne fe trom-
poit pas, elle avoit reçû ordre de
le recevoir en cas que la Princeffe
ne fût pas encore éveillée ; mais
comme cette derniere fe faifoit
une affaire effentielle d'engager
le jeune Outzim Ochantey, elle
dormit peu, & ne lui donna qu'autant de tems qu'il lui en falloit
pour affurer Gulguli-Chemamé
qu'il l'aimeroit éternellement.

XLIV.

QUART-D'HEURE.

GUlpenhé piquée de l'indife-
rence du Prince, ne vouloit
pas que cette conquête lui écha-
pât ; elle ne fçut pas plûtôt qu'il
étoit avec la Princeſſe de Teflis
qu'elle le fit appeller. Il y avoit
peu de monde dans ſa Chambre,
elle ſortit du lit, & elle étoit dans
un négligé affecté ; mais ſi charmant qu'elle auroit ſans doute
ſurpris les ſens d'Outzim-Ochantey, s'il eût été moins prévenu
contre elle. Cette Princeſſe ſans
paroître rebutée des froideurs de
la veille, reçut le Prince avec
beaucoup de joye ; elle le fit aſſeoir
ſur ſon Sopha, & ſe penchant
vers ſon oreille, elle lui demanda

C iij

obligeamment pourquoi il n'avoit pas sur lui son écharpe, & lui dit qu'il n'en connoissoit pas tout le prix : Je n'ai osé, Madame, lui répondit le Prince, me parer en cette Cour d'une faveur si glorieuse & si peu méritée, mais puisque vous me le permettez, je me ferai honneur de porter ces illustres marques de votre bonté.

Le Prince Atabek qui sçavoit la facilité avec laquelle on entroit presque à toute heure chez Gulpenhé, s'étant fait annoncer dans le moment, cette Princesse n'eut que le tems de dire à Outzim-Ochantey qu'il se trouvât l'après-dînée au combat des Tigres, & qu'il fît en sorte de ne se pas éloigner d'elle, parce qu'elle souhaitoit lui parler après ce divertissement.

Le Prince obéit à ses ordres, il trouva moyen d'avoir une place

au-deſſous du balcon de la Princeſſe, & comme Gulguli-Chemamé étoit à ſes côtés, il eut toûjours les yeux tournés vers elle,
ſans que Gulpenhé pût en prendre aucun ombrage.

Atabek paroiſſoit entretenir la
Princeſſe avec beaucoup de viva-
cité, lorſqu'après pluſieurs petits
combats de differens animaux, on
lâcha dans l'Arene un Tigre
monſtrueux, & un Lion d'une
groſſeur prodigieuſe. Après avoir
combattu plus d'une heure & de-
mie, avec une rage inconcevable, & un avantage preſque égal,
ils roulerent l'un ſur l'autre juſ-
ques ſous le balcon de Gulpenhé;
& toutes les Dames s'étant alors
baiſſées comme pour regarder le
combat de plus près. Dans cette
attitude, la Princeſſe de Teflis
laiſſa échaper de ſon doigt un anneau d'or, dans lequel étoit en-

C iiij

chaſſée une pierre d'aigle. O ciel,
s'écria-t-elle triſtement , en la
voyant auprès de ces deux cruels
animaux ! Faut-il donc que je per-
de aujourd'hui par ma faute le
ſeul bien que je poſſede.

Gulpenhé voyant une extrême
douleur peinte ſur le viſage de ſa
favorite , ordonna vainement à
ceux qui avoient ſoin de ces bêtes farouches , d'aller ramaſſer la
Bague. Perſonne n'étoit aſſez hardi pour exécuter ſes ordres , quoiqu'elle promît une récompenſe
conſidérable ; lorſque le Prince de
la Chine ſautant de ſon balcon
dans l'Arene , ramaſſa promptement la Bague de Gulguli-Chemamé qu'il mit à ſon doigt. Il
étoit néceſſaire pour lui , que la
plus grande partie des forces du
Lion & du Tigre fuſſent épuiſées
par un long combat : ces animaux
quittant comme de concert la fu-

reur qui regnoit entre eux, tour-
nerent toute leur rage contre
Outzim-Ochantey. Le Prince n'é-
toit armé que d'un seul sabre,
mais il se trouva heureusement de
si bonne trempe, & il combattit
avec tant d'adresse, qu'ayant achevé de tuer ces cruelles bêtes sans
en avoir été que légerement offensé, il rapporta la Bague à la
Princesse de Teflis.

Si l'intrepidité d'Outzim-O-
chantey avoit étonné le Roi &
tous les Spectateurs, elle surprit
Gulpenhé au dernier point, &
lui fit ouvrir les yeux. Dès ce moment elle jugea bien que sa froideur n'avoit procedé que des
charmes qu'il avoit trouvé dans
sa favorite, mais ne pouvant publiquement désapprouver une action aussi hardie que celle du
Prince, elle l'en loüa hautement,
& sçut renfermer en elle-même le

vif reffentiment qu'elle en conçut

A l'égard du Roi Kufeh, peu accoûtumé à voir de pareils exemples d'intrepidité, il en fut fi charmé, qu'il combla de careffes le jeune Prince. Une action auffi héroïque, lui dit-il, mérite des loüanges infinies & des récompenfes fans bornes, & je voudrois, jeune étranger, trouver de quoi reconnoître tant de valeur : s'il eft quelque chofe dans mon Royaume digne de toi, demande-le moi hardiment, & fuffe même une de mes filles, fois fûr que je ne te refuferai rien.

Outzim - Ochantey répondit avec beaucoup de modeftie aux loüanges du Roi : Seigneur, lui dit-il, un fimple particulier, tel que je fuis, ne doit point afpirer à l'honneur de vous être allié ; je ne fçais point porter mes vœux fi haut : mais puifque votre Majefté

m'affure de toutes fes bontés, j'ofe
la fupplier de m'accorder une
chofe dont il me paroît qu'elle fait
très-peu de cas, c'eft la liberté de
Gulguli-Chemamé.

Le Roi, Seigneur, fut encore
plus furpris de voir que ce jeune
homme bornoit fa demande à ce
qu'il eftimoit fi peu de chofe, lorfqu'il pouvoit obtenir de lui des
ric effes immenfes.

Gulguli-Chemamé dès ce moment eft maîtrefle de fon fort, répondit-il au Prince en l'embraf-
fant; je fouhaite qu'elle reconnoif-
fe ta générofité, & je crois que la
Princeffe ma fille ne s'oppofera
pas à mes volontés.

La rage fuffoquoit Gulpenhé,
le mépris vifible qu'Outzim-O-
chantey faifoit paroître de fes
charmes la mettoit au défefpoir,
mais diffimulant parfaitement ce
qui fe paffoit dans fon cœur, elle

embraſſa la Princeſſe de Teſſt;
avec toutes les marques apparen-
tes d'une amitié tendre & ſincere;
& détachant de ſes cheveux un
bouquet de pierreries d'un prix
conſidérable, elle joignit ce pré-
ſent au don qu'elle lui fit de ſa
liberté.

La belle Georgienne étoit interdite au dernier point; la fraïeur
& la joye avoient ſucceſſivement
fait ſur ſon ame une ſi forte im-
preſſion, qu'elle en étoit tombée
évanoüie : Elle revint à elle, &
avoit peine à croire encore que
ſon cher Prince eût évité la mort
à laquelle il venoit de s'expoſer
pour elle, lorſqu'elle apprit qu'elle
lui devoit la liberté.

L'on rentra au Palais, le Roi
voulut que le Prince y eût ſon
appartement, & il l'invita au repas qui étoit préparé pour le Prince Atabek ; Gulguli-Chemamé

que le Roi Kuseh , pour faire plaisir à Outzim-Ochantey , avoit
fait mettre à table, étoit moins
attentive aux honneurs qu'on rendoit au Prince son Amant , qu'à
examiner les actions de Gulpenhé ; elle crut s'appercevoir malgré la dissimulation de cette Princesse, qu'il y avoit quelque chose
de gêné dans ses maniéres , & lut
dans ses yeux la fureur qui l'animoit : Elle en conçut une inquiétude extrême , connoissant à fond
le genie de cette Princesse.

XLV.

QUART-D'HEURE.

LE souper fini, on passa dans un magnifique Salon pour y entendre un concert qui devoit être composé de tout ce qu'il y avoit de plus belles voix & de meilleurs instrumens. Gulguli-Chemamé profita de ce tems pour dire au Prince de la Chine, qu'il ne manquât pas au rendez-vous marqué par sa lettre, & lui donna la clef d'une garderobe qui communiquoit à son appartement.

Après le concert le Prince se retira dans la Chambre qu'on lui avoit preparée; il demanda qu'on l'y laissât seul, & profitant de ce moment, il se coula dans la garderobe de la Princesse de Teflis. Comme il étoit fatigué, & que

pour n'êtrepoint apperçu, il s'étoit
caché fous une table couverte
d'un grand tapis, il s'y endormit
si profondément, que Gulguli-
Chemamé, après avoir été au
coucher de Gulpenhé, entra dans
cette garderobe fans le reveiller :
Comme elle n'y trouva point le
Prince fon amant, elle crut qu'il
n'avoit pû encore executer fa pro-
meffe, mais ne défefperant pas
qu'il vint, elle alluma deux bou-
gies qu'elle pofa fur la table, &
s'affit fur un Sopha où peu de tems
après elle s'abandonna à un fommeil tranquile ; mais, Seigneur,
quelle fut la furprife de ces deux
Amans, quand à leur reveil, qui
fut caufé par la chute violente
d'une perfonne qui tomba de toute fa hauteur fur le plancher, ils
reconnurent la Princeffe Gulpenhé mourante. Jufte ciel ! s'écria le
Prince, tout effrayé, en fortant

de deſſous la table où il s'étoit caché, quel funeſte objet ſe préſen-
te à mes yeux ? Les vapeurs du
ſommeil ne troublent-elles point
encore mon imagination? Hélas,
reprit Gulguli-Chemamé, plût
à Dieu que tout ceci ne fût qu'un
rêve qui pût être diſſipé par le reveil ; mais c'eſt malheureuſement
pour nous une triſte verité ! Cer-
te Princeſſe animée de ſa vengeance, a voulu apparemment me procurer la mort, & le Ciel toûjours
équitable envers les innocens, en
a decidé d'une autre maniere,
J'en juge par les fragmens de cette ſarbacane de verre , & par les
convulſions de la malheureuſe
Gulpenhé.

Je m'étois aſſoupie , Seigneur ;
en vous attendant , ſans croire
que vous fuſſiez ſi proche de moi ,
& je dormois paiſiblement, lorſque cette Princeſſe qui a une double

le clef de ma garderobe, a entrepris sans doute de m'ôter la vie.
Elle avoit emplie, à ce qu'on peut
croire, cette sarbacanne d'une
poudre empoisonnée, & se prepa-
roit à me la souffler dans le nez,
quand me reveillant en sursaut,
j'ai éternué avec tant de violence,
qu'au lieu de recevoir la poudre,
je la lui ai envoyé toute dans la
bouche. Ce poison, suivant les apparences, est si subtil, que sur le
champ elle est tombée à la ren-
verse, & que vous la voyez prê-
te à expirer.

Outzim-Ochantey connoissant
la noirceur d'ame de Gulpenhé,
resolut de l'abandonner à son triste destin : Fuyons cet objet plein
d'horreur, dit-il, à la Princesse
de Teflis, évitons la fureur du
Roi ; quoique nous ne soyons pas
coupables, les apparences nous
condamnent, & ce Prince ne nous

pardonneroit jamais la mort de ?
fille. Eh , comment fuïr , reprit
triſtement Gulguli - Chemamé ,
les portes du Palais ne ſont-elles
pas gardées ? Mais que vois - je ,
continua-t'elle , en jettant les yeux
ſur ſon écharpe , ah , Seigneur !
le remede nous vient de la ſource
du mal. Cette écharpe enchantée
nous tirera du peril où nous ſommes, elle a le don de rendre inviſible en la retournant , & c'étoit
pour vous mettre à l'abri de la
médiſance, & vous faire entrer &
ſortir à toute heure dans le Palais,
que la Princeſſe vous avoit envoyé
ce rare preſent , dont , ſans doute,
elle ne vous avoit pas encore ex-
pliqué les vertus.

La belle Georgienne en fit l'eſ-
ſai ſur le champ , elle détacha
l'écharpe , & ne l'eut pas plûtôt
miſe ſur elle à l'envers, qu'elle diſ-
parut aux yeux du Prince, & ne fut

Fincaille sculp.

visible qu'après l'avoir retournée.

Pendant quelques heures d'intervale qu'il restoit au Prince de
la Chine & à Gulguli-Chemamé
pour attendre le jour; & se soustraire à la vengeance de Kuseh,
les convulsions de Gulpenhé redoublerent. L'on ne voyoit plus
dans ses yeux qu'un reste de lumiere égarée, qui enfin, après un
dernier soûpir qu'elle poussa ,
s'éteignit pour jamais : Elle mourut entre leurs bras, & devint en
un moment si affreuse, que quelque mauvaise volonté qu'elle eût
eû pour ces deux Amans , ils ne
pûrent lui refuser des larmes.

Les portes du Palais ayant enfin été ouvertes , le Prince de la
Chine & Gulguli-Chemamé sortirent à la faveur de l'écharpe ,
sans avoir été apperçûs, & marcherent ainsi jusqu'au premier village, où ayant pris quelque nouri

riture, ils s'éloignerent promptement, & n'eurent point de repos
que quand ils furent hors des Etats
du Roi Kuseh. Alors ils commencerent à respirer, & le Prince se
rappellant l'avanture de l'anneau
de la belle Georgienne, la pria
de lui expliquer la raison pour laquelle il lui étoit si précieux. C'est
un present de l'Enchanteur Zal-
Reka mon Ayeul, dit-elle ; il me
le mit au doigt en mourant, &
c'est une circonstance de mon
Histoire que j'ai oublié de vous
raconter : il m'assura que quand
la fin de mes malheurs approche-
roit, je verrois dans cette bague
comme dans une glace, de quelle
maniere il faudroit que je m'y
conduisisse, mais que je prisse bien
garde d'y laisser tomber dessus la
moindre goutte de sang, parce
que dès ce momènt elle perdroit
tout son pouvoir. Je ne sai quelle

fantaifie il me prit de la porter le
jour du combat des Tigres ; mais
vous pouvez à prefent, Seigneur,
vous imaginer quelle étoit mon
inquiétude , lorfque je la laiffai
échapper de mon doigt , & vous
devez croire que je me fouvien-
drai éternellement des marques
que vous m'avez données en cette occafion de votre amour & de
votre intrepidité.

Permettez , Madame , reprit
Outzim-Ochantey, que j'examine
une bague fi précieufe ; peut-être
même eft-il tems de la confulter ?

La Princeffe de Teflis alors
tira de fa poche une petite bourfe
de fenteur où étoit renfermée fa
Bague ; elle la prefenta au Prince
en prononçant les paroles myfté-
rieufes que fon Ayeul lui avoit
enfeignées ; & dans ce moment il
en fortit une lumiere fi vive , qu'ils
en furent l'un & l'autre éblouïs
quelque tems.

XLVI.

QUART-D'HEURE.

APrès que cette lumiere fut
dissipée, le Prince examina
alors la Bague avec attention ; il
vit en petit, successivement toute
l'Histoire de Gulguli-Chemamé
jusqu'à leur derniere avanture ;
le Roi Kuseh y paroissoit au désespoir de la mort de Gulpenhé,
il lui faisoit dresser un Monument
superbe ; & ne pouvant accuser
d'une mort si précipitée, que le
Prince de la Chine & la belle
Georgienne, que leur fuite rendoit criminels, il avoit fait mettre
leurs têtes à prix.

Cette nouvelle découverte qu'ils
firent de la vertu de la Bague, leur
donna une joye extrême. Ils y lu-

rent, pour ainfi dire, tous les jours
la conduite qu'ils devoient tenir ;
& fe reglant fur fes inftructions,
ils prirent la route de Georgie.

Il y avoit déja plus de deux
mois qu'ils marchoient, lorfqu'-
oubliant un matin de confulter
leur Bague, ils fe mirent en chemin ; à peine avoient-ils fait une
lieuë, qu'un grand broüillard obf-
curcit tout-à-fait le jour, & que
d'épaiffes tenebres les enveloppe-
rent ; un pareil prodige les étonna, mais le Prince ayant alors dé-
couvert l'efcarboucle dont Ame-
dy lui avoit fait prefent, elle rendit à vingt pas à la ronde une lumiere fi éclatante, qu'ils pûrent
aifément confulter leur oracle.

Si l'efcarboucle leur fut utile
en cette occafion, de quelle douleur ne furent-ils pas faifis, quand
ils apperçurent dans leur Bague
qu'ils alloient être feparés , &

qu'avant que d'être rejoints enfemble, ils auroient l'un & l'autre des avantures très-perilleufes.
L'idée de cette féparation leur
caufoit une tristeffe mortelle, &
ils en verfoient encore des larmes,
lorfque le cheval fur lequel étoit
monté Outzim - Ochantey , prenant tout d'un coup le mor aux
dents, l'emporta malgré lui, quelque effort qu'il fit pour le retenir.
La Princeffe le fuivit quelque
tems à la lueur de l'efcarboucle,
mais cette lumiere ayant ceffé de
paroître , & l'obfcurité regnant
toûjours , elle fut obligée d'attendre qu'elle fût diffipée : & ce ne
fut tout au plus qu'au bout d'une
heure que le jour recommença à
paroître. La Princeffe entra alors
dans un violent défefpoir d'a-
voir perdu fon Amant. Pour
comble de malheurs il avoit emporté fa Bague , & elle ne favoit
plus

plusquel parti prendre , lorſqu'a-
près avoir inutilement cherché ce
Prince , elle reſolut de tourner ſes
pas vers le Royaume de la Chine ,
où elle arriva après un long voyage, ne doutant pas qu'il ne s'y ren=
dît tôt ou tard.

SUITE DE L'HISTOIRE

*De Gulguli-Chemamé Princesse
de Teflis.*

LE bon Roi Fanfur, Seigneur,
pourſuivit Ben-Eridoün, a-
près plus de ſix ans d'abſence du
Prince Ouzim Ochantey, qu'il ne
comptoit plus en vie, s'étoit enfin
déterminé à ſe donner un autre
heritier. Il n'y avoit gueres que
trois mois qu'il avoit fait choix
d'une Eſclave d'une beauté raviſ-
ſante qu'il avoit élevée ſur le Trône, lorſque Gulguli-Chemamé
entra dans Nanquin * Capitale de
la Chine, où ce Prince faiſoit ſa
réſidence. Comme elle ne vouloit

---

* Nanquin eſt une des principales Villes de la
Chine, où il eſt très-certain que Fanfur a regné.

point s'y faire connoître, elle avoit
pris foin de cacher fon fexe fous
un habit d'homme : malgré ce dé-
guifement, fa bonne grace, &
l'air charmant qui étoit répandu
fur fa perfonne, ne la firent pas
moins remarquer de tous les Habitans de Nanquin.

Fanfur, qui avec fa nouvelle
époufe étoit à la fenêtre de fon Palais, au moment que la Princeffe
de Teflis paffoit pardevant, fut curieux de favoir qui étoit un Etranger de fi bonne mine ; il lui fit dire
qu'il vouloit lui parler, & Gulguli-Chemamé s'étant prefentée devant ce Monarque avec un air
dont il fut charmé. Elle lui dit
qu'elle étoit fils d'un Prince de
Georgie, qu'elle fe nommoit
Souffel, & que voyageant pour fon
feul plaifir, elle comptoit de faire
un affez long fejour à Nanquin.

La Reine Kamzem (c'étoit le

nom de cette Efclave) à qui Fanfur avoit fait part de fon Trône,
étoit avec ce Monarque, lorfqu'il
fit appeller Gulguli - Chemamé :
elle lui reprefenta qu'il étoit de fa
grandeur de ne pas fouffrir qu'un
Étranger tel que Souffel logeât
ailleurs que dans fon Palais ; & ce
bon Roi, qui fuivant l'ufage des
gens d'un certain âge, qui épou-
fent de jeunes perfonnes, fe laif-
foit entierement dominer par fa
femme, approuva un confeil auquel l'amour de Kamzem avoit
beaucoup plus de part que de générofité. Elle n'avoit pû jetter les
yeux fur un homme fi accompli,
fans en faire comparaifon avec le
Roi Fanfur. Ce Prince pour qui
elle n'avoit nulle inclination, lui
parut affreux en ce moment, &
elle fentit naître dans fon cœur la
paffion la plus violente pour le
jeune Souffel.

L'accüeil favorable qu'elle lui faifoit, n'allarma point Fanfur ; perfuadé de la fageſſe de la Reine, il lui fourniſſoit lui-même à tous momens les moyens d'entretenir Souffel, & Kamzem n'attendit pas long-tems à lui déclarer ce qui fe paſſoit dans fon cœur.

Gulguli-Chemamé qui avoit attribué les honnêtetés de cette Princeſſe à tout autre motif qu'à celui qui la faifoit agir, fut étonnée d'une déclaration auſſi prompte & auſſi preſſante ; elle étoit immobile, lorſque Kamzem interpretant favorablement fon filence, pourfuivit ainſi : Je vous aime, Seigneur, je haïs le Roi, & je ſuis toute puiſſante dans Nanquin ; fi vous êtes homme de réſolution, il m'eſt aifé de vous mettre fur le Trône ; je me charge moi-même, d'empoifonner Fanfur, & je n'attends que votre aveu pour exécuter ce projet.   E iij

XLVII.
QUART-D'HEURE.

UN pareil difcours fit fremir la Princeffe de Teflis ; elle recula en arriere avec une furpri-fe extrême : O ciel ! Madame, dit-elle à Kamzem , un deffein auffi noir peut-il vous entrer dans l'ef-prit ? & me croyez-vous digne d'y avoir part ? Connoiffez mieux le Prince Souffel ; je ne fuis point né pour de fi grandes actions , & fi j'étois capable de donner les mains à une entreprife auffi execrable ; fçachez que je n'accepterois le Trône que pour vous punir d'un crime dont la feule propofition me fait horreur.

La Reine de Nanquin connut bien en ce moment toute fon im-prudence ; l'amour s'éteignit dans

son cœur pour faire place à la rage & à la vengeance , mais diffimulant son ressentiment : Seigneur, reprit-elle, on oublie aisément son devoir quand on aime ;
ne vous prenez qu'à vous-même
de l'étrange projet que j'avois formé pour vous prouver jusqu'où
va l'excès de ma passion. J'ai cru
que c'étoit trop peu de vous offrir
ma seule personne , & qu'un Trône vous ébloüiroit ; de quelque
maniere qu'on y parvienne , il est
beau de regner , & je ne pouvois
vous mettre la Couronne sur la
tête que par la mort de mon
époux ; mais puisque vous désap-
prouvez ma proposition , soyez du
moins reconnoissant des bontés
qu'une femme de mon rang veut
bien avoir pour vous , & songez
qu'on ne peut la payer de refus
que par l'effusion de son sang.

La Princesse de Teflis outrée de

l'effronterie de Kamzem , marquoit fur fon vifage toute l'indignation qu'elle en avoit , lorfque
le Roi de Nanquin entra dans l'appartement de la Reine. Son arrivée imprévûë déconcerta Kamzem. Elle en fut fi interdite , & la
Princeffe de Teflis fi émûë , que
ce Monarque ne fçut qu'augurer
de leur furprife. Qu'eft-ce donc ,
Madame , dit-il à la Reine, que je
lis fur votre vifage & fur celui du
Prince Souffel , ma préfence vous
gêne-t'elle ? Non , Seigneur, interrompit brufquement Kamzem,
en prenant fon parti fur le champ ;
fi vous me voyez étonnée , c'eft de
ce que ce jeune Héros vient de me
propofer : il eft venu continua-t'elle , fe jetter à mes pieds , pour obtenir de vous la permiffion d'aller
combattre le Centaure Bleu qui
doit paroître après demain aux
portes de cette Ville ; il veut per-

dre la tête, s'il ne le conduit en
vie dans vos prifons.

La Princeffe de Teflis, que le
commencement du difcours de la
Reine avoit fait trembler, lui coupa la parole en ce moment. Quoiqu'elle ignorât ce que c'étoit que
le Centaure Bleu : Seigneur, dit-
elle à Fanfur, je ne dédirai point
la Reine, & je vous fupplie inftamment de ne vous point oppofer au
deffein que j'ai conçû de vous délivrer de ce Monftre.

Le Roi étonné du courage de
Souffel, s'oppofa d'abord à fa réfolution : J'admire votre intrépidi-
té, lui dit-il, & je doute fort de
la réüffite de vos deffeins ; mais
puifque la Reine m'en prie, allez,
Seigneur, & foyez fûr de toute ma
reconnoiffance fi vous venez à
bout d'une entreprife auffi difficile.

HISTOIRE

Du Centaure Bleu.

IL faut fçavoir, Seigneur, poursuivit Ben-Eridoün, qu'il y a-
voit aux environs de Nanquin,
une petite Montagne, au bas de
laquelle étoit une caverne, d'où
depuis cinq ans à un certain jour,
sortoit un Centaure Bleu, qui venoit jusqu'aux portes de la Ville,
& y enlevoit quelques vaches &
quelques bœufs. On avoit beau
tirer des fléches contre le Centaure, il avoit la peau plus dure que
du fer. Le Roi Fanfur lui avoit
plusieurs fois fait tendre des pié-
ges, il les évitoit avec adresse ; &
quoique ce Monarque eût promis des récompenses considéra-
bles à quiconque le lui livreroit

mort ou vif , perfonne n'avoit
pû en venir à bout , & tous ceux
qui l'avoient entrepris y étoient
péris. Mais revenons à Gulguli-
Chemamé, cette Princeffe après
avoir falué refpe&tueufement le
Roi Fanfur , fe retira dans fon
appartement : Elle s'y fit inftruire de l'Hiftoire du Centaure , &
concevant qu'elle en viendroit
plus aifément à bout par la rufe
que par la force ; aidée de l'écharpe enchantée de Gulpenhé , qui
lui étoit reftée au moment de fa
féparation d'avec le Prince de la
Chine , elle fe détermina aux
moyens que je vais raconter à votre Majefté. Elle fit demander au
Roi de la Chine un Chariot attelé
de deux forts chevaux , de groffes
chaînes de fer , quatre grands vafes de cuivre , une tonne du meilleur vin , & des gâteaux compo-
fés de la plus fine farine.

Fanfur fit donner à Gulguli-
Chemamé tout ce qu'elle lui demandoit ; elle fit charger le tout
fur le Chariot, & s'étant fait en-
feigner la retraite du Centaure,
elle y conduifit elle-même fon
Chariot la veille du jour qu'il devoit paroître ; elle mit d'abord les
vafes à terre, elle les remplit enfuite du vin qu'elle avoit apporté ; & y ayant jetté les gâteaux
qu'elle avoit rompu par morceaux, elle fe retira dans un petit
bois voifin, & après avoir retourné fon écharpe pour fe rendre
invifible, elle y paffa la nuit fans
inquiétude.

A peine l'aurore commençoit-
elle à paroître, que la Princeffe fe
réveilla, elle vit diftinctement du
lieu où elle étoit le Centaure Bleu
fortir de fa Caverne. Il fut étonné de voir les quatres vafes de cuivre, l'odeur du vin l'en fit appro-

cher ; il mangea d'abord quelques-uns de ces morceaux de gâteaux qu'il trouva d'un goût exquis ; il dévora avidement le reste, & avala ensuite tout le vin : mais il y en avoit une si grande quantité qu'il lui porta bien-tôt à la tête, & ne pouvant plus se soutenir, il fut obligé quelques momens après de se coucher par terre, & de s'abandonner à un profond sommeil.

La Princesse de Georgie qui voyoit tout ce manége, accourut bien-tôt après avec ses chaînes ; elle en lia le Centaure Bleu, de maniere que quand même il auroit eu toutes ses forces, il n'auroit jamais pû s'en débarasser, & l'ayant mis avec assez de peine sur le chariot, elle monta dedans, & le mena ainsi à Nanquin, dont on lui ouvrit toutes les portes.

Le mouvement rude du chariot avoit un peu diffipé l'yvreſſe du Centaure, il parut dans un étonnement extrême de ſe voir ainſi lié ; mais ne pouvant ſe procurer la liberté, quelque effort qu'il fît pour y parvenir, il ſe laiſſa conduire comme une bête.

Tous les habitans de Nanquin étoient remplis d'admiration & de frayeur ; la ſeule Gulguli-Chemamé, paroiſſoit avec un viſage tranquile & modeſte ſur le chariot avec le Centaure, & ils avoient déja traverſé une bonne partie de la Ville, lorſque leur marche fut interrompuë par celle des obſeques d'un jeune Chinois, dont le pere pleuroit amérement la mort, pendant que l'un des Bonzes qui conduiſoit la Pompe funebre, chantoit d'un aïr aſſez guaï, des eſpeces d'Hymnes à la loüange de Ram * & de Vichnou,

* Un des principaux Dieux des Indiens,

e Centaure Bleu leva la tête en
e moment, il regarda quelque
ems avec attention cette cérémonie, & se prenant ensuite à rire
avec tant de force qu'il en perdit presque la respiration, il jetta
la Princesse dans un étonnement
extrême.

XLVIII.

QUART-D'HEURE.

Glg uli-Chemamé vit avec surprise une telle saillie ; elle augmenta , lorsqu'un peu plus loin en passant par une grande Place , le Centaure fit encore de plus grands éclats de rire à la vûë du peuple qui regardoit avec joye un jeune voleur attaché au gibet , où on venoit de le pendre.

Plus le Centaure rioit, plus l'étonnement de la Princesse de Teflis & du peuple qui la suivoit en foule, redoubloit : ils continuoient toûjours leur chemin ; mais quand ils furent devant le Palais de Fanfur , & que l'on se fut écrié, vive, vive mille fois le brave & l'intrepide Souffel, ce fut alors que le

Centaure

Centaure éclata plus fort qu'auparavant.

A ces cris le Roi defcendit dans
la cour de fon Palais, il tenoit la
Reine Kamzem par la main. Le
Centaure la regarda fixement,
jetta enfuite la vûë fur les Dames
de fa fuite, & les examinant les
unes après les autres, fes ris redoublerent tellement alors, que
le Roi & tous les affiftans en furent dans une furprife fans égale.

Fanfur demanda à Gulguli-
Chemamé l'explication de ces ris
démefurés, elle lui dit qu'elle en
ignoroit la caufe, & lui ayant raconté tout ce qui s'étoit paffé depuis la prife du Centaure, le Roi
l'interrogea lui-même ; il n'en put
tirer aucune réponfe, & l'ayant
fait enfermer dans une double
cage de fer, dont il fit faire deux
clefs, il en garda l'une, & donna
l'autre à Gulguli-Chemamé, qui

ne manquoit pas, ainſi que ce
Monarque, d'aller deux fois par
jour voir le Centaure à qui l'on fit
toutes ſortes de bons traitemens.

Kamzem qui avoit compté s'ê-
tre défaite de Souffel, avoit été
étrangement ſurpriſe de le voir
revenir d'un lieu où elle ne l'avoit
envoyé que pour le faire périr;
ſon amour reprit de nouvelles
forces à la vûë d'un Prince ſi accompli, elle réſolut de faire un
dernier effort pour ſe l'attacher,
& le fit appeller ſous prétexte de
le feliciter ſur ſa victoire.

Gulguli-Chemamé n'oſa déſo-
béïr; elle ſe rendit au Cabinet de
Kamzem, elle l'y trouva ſeule:
Seigneur, lui dit cette femme, je
vous ai couvert de gloire en cher-
chant à vous procurer la mort,
que cette épreuve vous ſuffiſe; je
vous aime encore malgré vos mépris, & je ne feindrai point de vous

avoüer que je ferois morte de douleur, fi vous aviez été la proye du
Monftre; mais croyez que j'ai de
nouveaux moyens pour rendre
votre perte certaine, en cas que
votre infenfible cœur ne réponde
point à l'extrême tendreffe que je
reffens pour vous. Laiffez-vous
fléchir, Seigneur ... Non, Madame, interrompit Souffel, quelque pouvoir que vous ayez fur
l'efprit du Roi, vos prieres ni vos
menaces ne m'obligeront pas à
rien faire contre mon devoir;
perdez l'efperance de me féduire,
& tremblez que je n'avertiffe à la
fin ce Monarque de votre indigne
paffion.

Kamzem devint furieufe à ces
remontrances : Perfide, lui dit-
elle, tu ne porteras pas loin l'in-
fulte que tu fais à ma beauté : en
même-rems elle s'égratigna le vifage, cria de toutes fes forces, &

commandant à plufieurs Eunuques, qui à ces cris étoient entrés
dans fon appartement, d'arrêter
Souffel, elle courut tout en pleurs
demander au Roi vengeance de
l'outrage que le Prince de Georgie venoit de lui faire, en atten-
tant à fon honneur.

Fanfur étoit fi prévenu de la
fageffe de Kamzem, qu'il ne douta pas un moment de la verité de
fes plaintes ; il entra dans une fureur extrême contre Souffel , le
fit charger de chaînes fans vouloir
l'entendre, le conduifit lui-même
à la prifon du Centaure-Bleu , &
lui reprochant fon attentat contre l'honneur de Kamzem : il l'affûra qu'il alloit bien-tôt lui faire
fouffrir la mort la plus honteufe.

A ces menaces le Centaure
ayant éclaté de rire d'une telle
force , qu'il en fit retentir les voû-
tes de fa prifon, le Roi fut encore

plus étonné qu'auparavant, ces cris extraordinaires redoublerent fa curiofité ; il le pria inftamment de lui en expliquer les raifons, lui promit à cette condition de lui donner la liberté, pourvû qu'il n'enlevât plus fes troupeaux, & l'affûra que s'il s'obftinoit à fe taire , il le feroit mourir avant la fin du jour.

Le Centaure-Bleu plus flaté des promeffes de Fanfur qu'effrayé de fes menaces, s'approcha des barreaux de fa cage : Roi de Nanquin, lui répondit-il, me tiendras-tu parole ? Je le jure par ma tête, repliqua Fanfur , furpris d'entendre parler le Centaure pour la premiere fois : Fais donc venir ici les principaux de ta Cour , la Reine Kamzem , & toutes les Efclaves de fa fuite, fans en excepter aucune, repliqua le Centaure, je te promets en leur préfence de te donner la fatisfaction que tu defire.

Le Roi avoit une si grande envie de sçavoir la cause de ces ris,
qu'il envoya dans le moment même chercher tous ceux que demandoit le Centaure-Bleu: Quand
l'Assemblée fut complette, le Roi
le somma de sa parole ; mais ayant
déclaré qu'il ne s'expliqueroit
point que l'on n'eût ôté auparavant les fers à Souffel : On n'eut
pas plûtôt exécuté ses volontés,
qu'il adressa ainsi la parole à Fanfur : Roi de Nanquin, si j'ai éclaté
de rire à la rencontre des funerail-
les d'un jeune enfant, c'étoit de
voir pleurer amerement celui qui
s'en croyoit le pere, pendant
qu'un des Prêtres qui y assistoit
& qui est encore actuellement en
commerce criminel avec la femme de ce bon-homme, dont il a
eu cet enfant, chantoit de toutes
ses forces, & ne pouvoit s'empêcher de rire en lui-même de la

douleur du mari de ſa Maîtreſſe,
pour la perte d'un fils auquel il
n'a aucune part.

Qui n'auroit pas ri encore, en
entendant mille larrons qui ont
dérobé & dérobent tous les jours
des ſommes immenſes au Public,
dont ils ſont les Sangſuës ? Qui
n'auroit pas ri, dis-je, de les entendre loüer ta juſtice pour avoir
fait pendre un jeune homme, que
la néceſſité de ſe nourrir, lui, ſa
femme & quatre enfans, a forcé
de prendre à l'un d'eux dix ſequins, pendant que s'ils diſoient
la verité, celui qui a été volé, de-
vroit pour ſes concuſſions, être
à la place du Voleur. En cet endroit le Centaure s'arrêta, & feignit de ne vouloir pas parler davantage ; mais Fanfur ayant redoublé ſes prieres envers lui : Roi
de Nanquin, lui dit-il, ne me
force point à m'expliquer ſur le

refte , j'aime mieux garder le filence que de te découvrir des
chofes qui te feront de la peine.

Ce difcours excita encore davantage la curiofité du Roi : quelque défagréable que puiffe être ce
que tu as à me dire , lui répondit-
il , ne differe plus , je t'en conjure
à m'en éclaircir : Tu le veux continua le Centaure ; hé bien donc,
pouvois - je ne pas rire de bon
cœur , en entendant ton Peuple
crier à haute voix , vive le brave
Souffel , vive le Vainqueur du
Centaure-Bleu , fçachant que les
habits de ce jeune homme ne ca-
chent qu'une Princeffe d'un rare
mérite , d'une beauté exquife , &
pour laquelle le Prince ton fils
qui n'eft pas mort , reffent une
paffion violente ?

XLIX.

XLIX.

QUART-D'HEURE.

SI Gulguli - Chemamé , Seigneur , rougit en ce moment ,
une pâle froideur couvrit en ré-
compenfe le vifage de Kamzem ,
que le Roi regarda avec indignation. Comme elle étoit proche de
la cage de fer , le Centaure la faifit par le bras : Femme cruelle &
lafcive , lui dit-il , ce n'eft pas affez
de découvrir ton impofture à ce
Monarque ; quand j'ai redoublé
mes ris en te voyant avec les Dames de ta fuite , qui font toutes
complices de tes débauches , &
lorfqu'on a jetté l'innocent Souffel
en prifon pour t'avoir voulu faire
violence , n'en avois-je pas un très-
jufte fujet ? puifqu'il étoit impof-

fible qu'une fille eût attenté à ton
honneur ; tu le menage fi peu que
parmi ces Efclaves, il y a deux
hommes cachés,qui te dédomma-
gent journellement du peu de tendreffe que tu reffens pour le Roi.
Kamzem étoit demie-morte de
frayeur. Comme il fut aifé de découvrir la verité de tout ce que
le Centaure-Bleu venoit de dire
contre elle, le Roi la fit ôter de fa
prefence, & malgré les fupplica-
tions de Gulguli-Chemamé pour
cette indigne Princeffe, il la con-
damna à être fur le champ brûlée vive avec fes deux Galans dé-
guifés, & fit étrangler toutes les
Efclaves de fa fuite. Comment
pourrai-je, Madame, dit-il alors,
à la Princeffe de Teflis, reparer la
faute que mon aveugle paffion
pour l'infâme Kamzem ma fait
commettre contre vous.

· Heureux, fi mon fils, ce cher

fils , que j'ai perdu depuis si
long-tems , à qui je viens d'apprendre que vous êtes si chere ,
par un retour inesperé , pouvoit
m'acquitter envers vous , en partageant avec une si charmante
Princesse , une Couronne dont le
poids m'a toûjours accablé depuis
la perte.

Gulguli-Chemamé laissoit couler quelques larmes au souvenir
du Prince de la Chine , lorsque le
Centaure que l'on venoit de mettre en liberté , prit la parole : Roi
de Nanquin , dit-il , cesse de t'affli-
ger ; & toi, belle Princesse , ne verse plus de larmes ; vous reverrez
bien-tôt celui qui cause vos douleurs , & vous retrouverez en lui
un fils respectueux , & un Amant
tendre & fidele : Allez audevant
de ce Prince , continua-t-il , il entre dans Nanquin à l'heure que
je vous parle : Alors partant com-

me un éclair, le Centaure difparut aux yeux de tout le monde.

Fanfur & Gulguli-Chemamé
ne pouvoient reſſentir une joye
plus parfaite ; ils avoient vû des
choſes ſi extraordinaires du Centaure, qu'il ne leur étoit pas permis de douter de l'agréable nouvelle qu'il venoit de leur apprendre : ils ſe mirent promptement
en chemin pour joindre le Prince,
& le trouverent bien-tôt après entouré du Peuple, qui marquoit par
mille cris d'allegreſſe la joye qu'ils
avoient de ſon retour.

Outzim-Ochantey voulut d'a-
bord ſe jetter aux pieds du Roi
ſon pere ; ce bon Prince l'en empêcha, & l'embraſſant tendrement : O mon fils, lui dit-il, que
votre abſence m'a coûté de larmes, & qu'elle a penſé cauſer de
maux à mes Sujets ; mais je vous
revois, j'oublie en ce moment tout

ce que j'ai souffert depuis votre
départ, pour ne plus fonger qu'à
ce que je retrouve aujourd'hui:
Je fçais tous vos chagrins, Seigneur, répondit le Prince de la
Chine, & de quelle maniere ils
ont été terminés par la Princeffe
de Teflis: un célébre Enchanteur
qui m'a aidé à punir le perfecu-
teur de cette belle Princeffe, me
vient d'inftruire de tout ce qui
s'eft paffé en cette Cour; comme
il étoit attentif à mes intérêts, &
qu'il n'eft rien qu'il ne foit en état
de découvrir par la force de fon
art, en me tranfportant en ces
lieux avec une rapidité incroyable, il m'a appris la jufte vengeance que vous venez de prendre de
l'infidelle Kamzem.

Gulguli - Chemamé reffentoit
un plaifir parfait: elle recouvroit
fon Amant fans plus apprehender de le perdre, & le revoyoit

Vainqueur du perfide Bizeg-el-
Kazak. Elle marqua à ce Prince
tant d'empreſſement de ſavoir le
détail d'une victoire auſſi glorieu-
ſe, qu'après être rentré au Palais,
& avoir raconté au Roi ſon pere
toutes ſes avantures juſqu'au moment de ſa ſéparation d'avec la
Princeſſe de Teſlis, il continua en
ces termes.

SUITE DE L'HISTOIRE.

D'Outzim-Ochantey , Prince de la Chine.

VOus vous souvenez bien ,
Madame, que je ne fus pas
le maître de mon cheval, lorsqu'il
m'emporta malgré ce que je pus
faire pour le retenir : la clarté
que répandoit mon escarboucle ,
dissipoit, à la verité, les tenebres
qui couvroient la terre, mais mon
cheval alloit d'une si grande vîtesse, que je ne voyois presque pas
les objets qui m'environnoient.
Autant que j'en ai d'idées , il ne
paroissoit à droite & à gauche du
chemin que je tenois, que d'affreux précipices qui ne me per-
mettoient pas , sans hasarder ma

vie, de me jetter en bas de mon
cheval : Je ne fçai, à la fin, fi la
terre manqua fous fes pieds, mais
étant tombé de deſſus lui, je rou-
lai l'eſpace d'un bon quart-d'heure fans pouvoir m'arrêter, & après
avoir perdu la reſpiration par un
mouvement fi rapide, je me trouvai fur une eſpece de gazon à l'entrée d'une caverne affreufe. Je fus
fans doute long-tems à revenir de
l'évanoüiſſement que m'avoit caufé cette chute ; & à mon reveil, ne
voyant autour de moi que des
abîmes, j'entrai dans la caverne à
la faveur de mon efcarboucle. Je
marchai plus d'une heure fans
rencontrer que des reptiles de
toute forte d'eſpeces, qui fuyoient
devant moi ; j'arrivai enfin auprès
d'une roche fi brillante*, qu'elle
paroiſſoit toute couverte de diamants, & fur laquelle étoit aſſis un
Singe de couleur de feu, grand

comme un homme. Cet animal ne m'eut pas plûtôt apperçû qu'il descendit promptement de la roche, se prosterna à mes pieds, & me fit mille caresses.

J'avois mis le sabre à la main, crainte de surprise en entrant dans la caverne ; le Singe me fit signe d'en frapper le rocher dans l'endroit le plus brillant ; je ne l'eus pas plûtôt fait, que je vis qu'il se fendit en deux, & que par cette ouverture il parut un escalier de marbre noir avec une rampe toute d'or.

L.

QUART-D'HEURE.

JE n'héſitai point, pourſuivit le Prince de la Chine, de prendre cette route, ayant le Singe pour guide. Après avoir deſcendu près de ſept cens marches, j'arrivai dans un grand Salon éclairé de douze lampes de criſtal de roche, au milieu duquel s'élevoit un Tombeau de marbre blanc, dont toutes les groupes repreſentoient des Singes dans differentes attitudes. Cette vûë me ſurprit un peu, mais le Singe de couleur de feu ayant été puiſer de l'eau dans une fontaine qui étoit à un coin du Salon, & l'ayant répanduë ſur ces figures, elles s'animerent auſſi-tôt, & portant le Singe en triomphe, elles se jetterent avec lui dans le bassin de cette fontaine.

Une cérémonie aussi burlesque me surprit ; j'en attendois la fin avec impatience, lorsque voyant sortir du Tombeau un homme tout couvert de lames d'acier beaucoup plus grand que nature, & qui venoit à moi le sabre à la main, je me mis en devoir de le prevenir ; après un combat assez opiniâtre, je le terrassai, & lui ayant delacé les couroyes d'une espece de casque qu'il portoit, je m'apperçus avec étonnement que je n'avois combattu que contre des armes vuides & disposées de cette maniere, sans qu'il y eût dedans aucun corps.

Un enchantement de cette nature eut lieu de me surprendre ; je coupai promptement toutes les couroyes qui joignoient ensemble cette armure ; & les ayant jettées dans la fontaine, j'entendis tout d'un coup une douce harmonie, après laquelle j'en vis fortir autant d'hommes & de femmesqu'il s'y étoit précipité de Singes & de Guenons.

A la tête de cette compagnie, étoit un homme d'une taille majeftueufe, vêtu d'une longue Simarre couleur de feu, brodée d'or, & enrichie de perles & de diamants; il m'aborda d'un air noble: Seigneur, me dit-il, je vous attendois depuis long-tems avec impatience pour achever une avanture dont dépend tout le repos de mes jours & des vôtres, puifqu'en arrachant mon époufe au cruel Kazak, & en détruifant ce Monftre, vous rétablirez la Princeffe de Teflis dans fes Etats, & deviendrez poffeffeur de cette charmante perfonne.

Vous êtes peut-être furpris, Sei-

gneur, continua-t-il, de me voir
ſi bien inſtruit de votre paſſion;
vous ceſſerez de l'être quand vous
ſçaurez qui je ſuis : alors m'ayant
fait aſſeoir à côté de lui ſur un So-
phi, il pourſuivit ainſi.

HISTOIRE
Du Singe couleur de Feu.

MOn nom eſt aſſez connu
parmi les Enchanteurs, on
m'appelle Bizeg-hel-Aſnâ * non
pas pour quelque beauté qui ſoit
en moi, mais plûtôt pour me diſ-
tinguer du perfide Bizeg-hel-Ka-
zak mon frere, qui fut ainſi ſurnommé à cauſe de la dépravation
de ſes mœurs. Son pouvoir a toûjours été ſupérieur au mien, parce
que les mauvais Genies avec leſ-
quels il a lié un commerce très-
étroit, lui ont donné une ſublimité
de malice à laquelle je n'ai jamais
voulu parvenir,

* Aſnâ en Arabe, ſignifie beau.

J'avois pour voisine une charmante personne nommée Sahik,
je la voyois souvent, & il se trouva
tant de sympatie dans toutes nos
inclinations, que nous nous don-
nâmes bien-tôt des marques de
l'estime la plus parfaite. Il n'y a
gueres de chemin à faire comme
vous sçavez, Seigneur, de l'estime à l'amour, aussi ne fûmes-nous
pas long-tems sans nous aimer
avec toute la tendresse possible ; je
lui proposai de nous lier par les
nœuds les plus saints : elle y con-
sentit, & nous prîmes jour pour
conclure cette cérémonie.

Quoique nous eussions très-peu
de relation ensemble, mon frere
& moi, je crus par honnêteté lui
en devoir faire part : il approuva
mon choix, & voulut se trouver
à mes nôces ; je le connoissois bien
d'un génie capable des actions les
plus noires, mais je croyois du

moins qu'il refpecteroit en moi
les liens du fang , & je ne fongeois
nullement à la fanglante trahifon
qu'il me fit.

Nous autres Enchanteurs, d'une
fcience à peu près égale , nous ne
pouvons gueres nous nuire entre
nous, ni détruire ce que l'un de
nous a fait; mais lorfque nous nous
marions tout notre pouvoir nous
devient inutile, le jour de nos nôces feulement, à moins que nous
n'époufions une Fée ou quelque
efprit Elementaire qui ne nous
fafle point dégenerer : c'eft ce qui
fait que nous nous marions très-
rarement à de fimples mortelles,
ou que nous les époufons à petit
bruit.

Mon frere profita de cette con-
jonĉture , foit qu'il fût devenu
amoureux de ma femme, ou que
fa feule inclination mal - faifante
le pouffât à en agir ainfi avec moi,
il

il eut l'infolence de tenir à Sahix
des difcours très-peu refpectueux ;
je ne fçus d'abord à quoi attribuer
cette folie , mais voyant que ma
préfence n'en arrêtoit pas le cours,
je lui en témoignai quelque chagrin : Il me railla, me traita de
jaloux , & pouffant enfin l'impu-
dence jufqu'à l'extremité, j'en fus
fi outré, que mettant le fabre à la
main , j'allois fondre fur lui , lorfqu'en me touchant de fa baguette :
Arrête , témeraire , s'écria-t-il ,
je ne veux pas foüiller mes mains
dans ton fang , il faut te punir par
un endroit plus fenfible ; deviens
Singe couleur de feu , & fois témoins du bonheur dont je vais
joüir avec ton époufe.

Mon perfide frere n'eut pas plûtôt prononcé ces paroles, que je
pris la figure du Singe qui vous a
conduit en ces lieux ; mais ce traître ne recevant de l'aimable Sahix

que des marques d'averſion &
d'horreur, il fit ſortir de terre un
Tombeau de marbre blanc, dans
lequel il la contraignit d'entrer,
forma l'enchantement des armes
que vous avez combatuës, chan-
gea en Singes & en Guenons toutes les perſonnes de ma ſuite ; en-
fonça dans le plus profond de la
terre le Palais dans lequel ſe célé-
broient nos nôces, & me conduiſit par l'eſcalier à rampe d'or, juſ-
ques ſur la roche brillante où je
ſuis depuis plus d'un an.

Jugez, Seigneur de ma douleur,
& de la cruelle ſituation où je ſuis
depuis ce moment ; votre courage
a terminé déja une partie de mes
malheurs ; il ne vous reſte plus
qu'à rompre l'enchantement du
Tombeau de marbre blanc ; pour
y parvenir, vous n'aurez qu'à tirer à vous cette chaîne d'or ; mais
il faut auparavant vous délaſſer du
combat d'où vous venez de ſortir.

SUITE

Des Avantures de Prince de la Chine.

JE fuivis l'Enchanteur Bizeg-hel-Afnâ dans un petit Cabi-net, pourfuivit le Prince de la Chine, j'y trouvai une colation magnifique, qui répara les for-ces que j'avois perduës, & étant enfuite retourné dans le Salon, je n'eus pas plûtôt tiré à moi la chaîne d'or, qu'il tomba du plan-cher douze globes de feu, qui s'étant ouverts par le milieu, vo-mirent, pour ainfi dire, chacun un Monftre de differente efpece, ayant tous du haut jufqu'à la cein-ture, la forme humaine.

H ij

Les douze Monſtres s'étant ran-
gés alors au tour du Tombeau
de marbre blanc, pour empêcher que j'en approchaſſe, je vis
dans le moment s'élever du milieu du Tombeau une colonne de
Jaſpe, ſur laquelle étoit écrit en
lettres d'or ces trois mots : *Frap-*
pez, *détruiſez*, *deſcendez*. Quoique je fuſſe déja réſolu d'attaquer
les douze Monſtres, cela m'ani-
ma encore davantage à le faire ;
ſecondé par Bizeg-hel-Aſnâ, qui
ne frappoit aucun coup à faux,
nous eûmes bien-tôt détruit tous
les obſtacles qui ſe préſentoient
devant nous : & les globes de feu
& les Monſtres s'étant abîmés ſous
le plancher, nous approchâmes
de la colonne, que je n'eus pas plûtôt touchée de mon ſabre, qu'elle
fut réduite en poudre, ainſi que le
Tombeau.

LI.

QUART-D'HEURE.

NOus defcendîmes alors par une efpece de trape dans un efcalier taillé dans le roc ; il nous conduifit fur les bords d'un fleuve dont les eaux nous parûrent extrememement noires : Nous y trouvâmes un petit batteau fourni de toutes les provifions de bouche néceffaires pour un affez long voyage, & l'Enchanteur & moi feulement étant entrés dans ce batteau, nous prîmes le large, & fuivant le cours du fleuve, nous fûmes plus d'un mois à voguer de cette maniere ; après lequel tems nous arrivâmes enfin à l'embouchure d'une Caverne, où les eaux s'engloutiffoient.

Quoique leur courant nous y
portât avec une extrême rapidité,
nous fûmes cinq jours à la traverfer à la lueur de mon efcarboucle, & nous ne retrouvâmes la lumiere qu'au bout de ce tems. Nous
voyagions alors plus lentement,
& nous cotoyions le rivage, lorfque nous vîmes deux femmes tout
en pleurs accourir devers nous,
& nous faire figne d'aborder ; nous
conduisîmes notre batteau vers elles, & ayant mis pied à terre nous
les joignîmes bien-tôt. Ah, Seigneur, s'écria l'une de ces femmes ! fi quelque pitié vous touche,
venez fecourir promptement la
belle Sahik, qu'un perfide Enchanteur perfecute depuis un an
entier ; elle touche au dernier moment de fa vie, puifqu'elle eft ré-
foluë de fouffrir aujourd'hui la
mort la plus affreufe, plûtôt que
de confentir à époufer le cruel

KazaK. Que la charmante SahiK
s'en garde bien, m'écriai-je alors :
Il eft tems, Seigneur, pourſuivis-
je, en m'adreſſant à Bizeg-hel-
Aſnâ, de vous venger de la trahiſon de votre perfide frere ; vo-
lons au ſecours de votre épouſe,
& n'épargnons pas un monſtre, ...
Je vous ſuis infiniment obligé de
ce zele, interrompit l'Enchanteur;
mais il eſt un autre moyen plus ſûr
& moins dangereux de me venger:
la brutale paſſion de KazaK l'a-
veugle tellement, qu'il ne penſe
plus à moi, il faut le laiſſer ſe dépoüiller lui-même de tout ſon
pouvoir; je veux qu'il épouſe ma
chere Princeſſe, & je ſçaurai bien
après, punir ce ſcelerat du crime
qu'il a commis envers moi.

Bizeg-hel-Aſnâ, tirant alors
des tablettes, écrivit à SahiK la
réſolution qu'il venoit de prendre,
& les moyens dont elle devoit ſe

servir pour tromper Kazak, &
remettant ces tablettes entre les
mains de l'esclave qui avoit im-
ploré son secours : Portez ceci à
votre belle Maîtresse, lui dit-il,
elle y trouvera le remede à tous
ses maux. L'esclave ne perdit pas
un moment, elle s'aquitta promptement de sa commission, & Sahik ayant ouvert les tablettes avec
précipitation, pensa mourir de
joye en y apprenant que son époux
avoit repris sa premiere forme.
Elle dissimula parfaitement ses
sentimens, lorsque Kazak entra
dans son appartement : Puisqu'il
faut donc s'y résoudre, lui dit-elle,
d'un air assez tranquile en apparence ; je consens, Seigneur, à
vous épouser aujourd'hui, mais
à condition que de trois jours d'ici,
vous n'userez point des droits que
le mariage vous donne sur ma
personne ; ma main est à vous à
ce

ce feul prix. Ah , je le jure, Madame , s'écria Kafaĸ , tranſporté de
plaiſir ; quelqu'empreſſement que
j'aye de vous poſſeder , que je ſois
à jamais privé de toute ma puiſ-
ſance, ſi je ne vous tiens religieu-
ſement ma parole : Sur cette aſ-
ſurance Kafaĸ ayant alors épouſé
Sahiĸ , raſſembla en un moment
par la force de ſon art tous les plaiſirs imaginables.

Il étoit auprès d'elle , & tâchoit
de diſſiper la triſteſſe qui paroiſſoit
ſur ſon viſage , lorſque cette Princeſſe qui étoit extrèmement in-
quiéte du retard des promeſſes de
ſon véritable époux , le vit entrer
avec moi dans ſon appartement. A
cette vûë terrible pour le perfide
Kafaĸ , il voulut s'échapper ; mais
Bizeg-hel-Aſnâ l'ayant à ſon tour
frappé de ſa baguette : demeure
traître, lui dit il, & reconnois toute l'étenduë de ton crime.

Kaſak alors qui ſe trouva, pour ainſi dire, les pieds attachés au parquet, ſans pouvoir avancer ni reculer, loin de marquer quelque repentir, vomit contre ſon frere tout ce que la rage & le déſeſpoir lui ſuggererent. Je ne pûs ſouffrir ſes inſolens diſcours : c'eſt trop long-tems, Seigneur, m'écriai-je, c'eſt trop long-tems laiſſer vivre ce ſcelerat, je vais ſur le champ purger la terre de ce monſtre : alors ſans attendre le conſentement de Bizeg-hel-Aſnâ, qui ſembloit s'oppoſer à mes deſſeins, je tranchai la tête à Kaſak.

A peine ce malheureux Enchanteur fut-il mort, que ceux de ſa ſuite qui gemiſſoient ſous ſa tyrannie, ſe jetterent à nos pieds, implorerent la clémence de Bizeg-hel-Aſnâ : il les reçut avec bonté, & nous ayant en un moment tranſporté dans ſon Palais,

il en bannit par fa préfence la trif-
teffe qui y avoit regné fi long-
tems. Après y avoir donné quelques momens à fa tendreffe pour
fon époufe, cet Enchanteur me
conduifit en un inftant à Teflis,
où ayant affemblé les principaux
de votre Royaume, il leur annon-
ça la mort de l'ufurpateur, & leur
fit renouveller entre mes mains
le ferment de fidelité qu'ils vous
doivent. Il m'apprit enfuite, Madame, la cruelle épreuve à laquelle l'infidelité de Kamzem devoit vous mettre pour avoir mé-
prifé fon amour. Il m'inftruifit de
la victoire que vous remporteriez
fur le Centaure : & que c'étoit un
Enchanteur, qui pour quelque
faute qu'il avoit faite, avoit été
condamné à refter neuf ans fous
cette forme, à moins qu'il ne fût
vaincu par l'adreffe d'une fille, &
qu'il n'obtînt enfuite la liberté

dont elle l'auroit privé ; après quoï
Bizeg hel-Afnâ m'ayant fait traverfer les airs avec une extrême
rapidité, il m'a apporté aux portes de Nanquin dans le moment
que la perfide Kamzem venoit
d'expier fes crimes par le feu.

Fanfur & Gulguli-Chemamé
avoient écouté le Prince de la Chine avec un extrême plaifir. Je ne
yeux pas, mon cher fils, lui dit
alors ce bon pere, differer votre
fatisfaction d'un feul moment ; j'ai
trop d'obligation à cette Princeffe
pour ne la pas accepter avec joye
pour ma fille ; mais je prétends
faire plus pour vous, je remets
entre vos mains le Royaume de la
Chine, & je veux.... Non, non,
Seigneur, reprit Outzim-Ochantey, en fe jettant aux genoux de
fon pere, vous ne quitterez point
le Trône ; fi l'ambition m'avoit
dominé, je poffedois un Royau-

me, où je puis dire que j'étois adoré, je l'ai abandonné fans regret pour vous revoir : Celui de Teflis a fuffifamment de quoi remplir mes vœux ; mais fi la Princeffe vouloit déferer à mes confeils, je ferois encore, Seigneur, plus content d'être ici votre premier fujet, que de regner en Georgie.

LII.

QUART-D'HEURE.

GUlguli-Chemamé fut tou-
ché de la grandeur d'ame
du Prince ; elle se rangea de son
parti, & Fanfur ayant été obligé
de ceder à leurs instantes prieres,
ne voulut pourtant le faire qu'aux
conditions que le Prince son fils
regneroit avec lui ; il fallut obéïr
pour la derniere fois. Outzim-
Ochantey fut proclamé Roi. Il
épousa Gulguli-Chemamé, &
joüit avec cette charmante Princesse d'une felicité qui ne fut interrompuë par aucun des acci-
dens ausquels la vie des Princes
est si sujette.

Le nouveau Visir ayant cessé
de parler, Schem-Eddin marqua
une extrême satisfaction de son

entretién : Ta converſation m'en-
chante, lui dit-il, en l'embraſſant ;
mais comment eſt il poſſible, mon
cher Ben-Eridoün, que toutes ces
avantures ſoient auſſi préſentes à
ta memoire ? je t'avoüe que j'en
ſuis ſurpris , & que j'admire la
netteté avec laquelle tu m'as raconté l'Hiſtoire du Prince de la
Chine , & toutes celles qui y ſont
compriſes : Ah , Seigneur , reprit
modeſtement le fils d'Abubeker !
j'appréhende bien plûtôt que par
cette reflexion que fait votre Majeſté , elle ne veüille me faire entendre que j'ai trop chargé cette
Hiſtoire , & que je me ſerois bien
paſſé de raconter celles du Prince
d'Achem & de la jeune Princeſſe
de Borneo ; je m'en ſuis apperçû
moi-même ; c'eſt ce qui m'a fait
laiſſer en arriere des avantures
qui n'auroient encore fait que
reculer le dénoüement de celle

d'Outzim-Ochantey. Ne crois
pas, repliqua le Roi d'Aftracan,
que je t'en tienne quitte ; je me
fouviens fort bien que tu as fait
revenir adroitement Gulpenhé
dans le Salon où étoit la Princeffe
de Teflis, au moment qu'elle alloit raconter à l'heritier de la
Chine l'Hiftoire du Corfaire Faruᴋ ; & je me rappelle en ce moment, que tu ne m'as point expli-
qué de quelle maniere cette Princeffe ayant pour protecteur un
auffi brave homme que Faruᴋ,
devient Efclave de la fille du Roi
Kufeh. C'eft une circonftance, Seigneur, reprit Ben-Eridoün, que
j'avois obmife à deffein d'éloigner
le récit des avantures du Corfaire ; mais puifque votre Majefté
fouhaite en être inftruite, voici
comment la belle Georgienne
devint Efclave de Gulpenhé.

Le calme qui avoit duré affez

ong-tems, ceſſa bien-tôt ; & le
Vaiſſeau où étoit Faruk & Gulguli-Chemamé, alloit une nuit à
toutes voiles, lorſque cette Princeſſe ſe trouvant attaquée d'un
grand mal de cœur, ſortit de ſa
chambre pour prendre l'air ; elle
ſe promena quelque tems ſur le
pont, & s'étant baiſſée pour rejet-
ter plus facilement ce qui pouvoit l'incommoder, un coup de
vent qui mit preſque le Vaiſſeau
ſur le côté, la précipita dans la
mer. La nuit étoit fort obſcure,
on ne s'apperçut point de la chute
de la Princeſſe ; on entendit ſeulement tomber quelque choſe
dans la mer, & le Pilote croyant
que ce pouvoit être un Matelot
que le vent auroit renverſé, fit
jetter promptement à l'eau pluſieurs planches, d'une deſquelles
la Princeſſe ſe ſaiſit heureuſement.
Elle vogua ainſi entre la mort &

la vie jufqu'à la pointe du jour;
qu'ayant été apperçûë par un petit bâtiment, on vint à fon fecours.
Le maître de ce bâtiment étoit un
Marchand d'Efclaves, il trouva
Gulguli-Chemamé, quoique de-
mi-morte, affez belle pour en tirer un gain confidérable; il en
prit beaucoup de foin, & la capitale du Royaume de Kufeh étant
le premier Port où il aborda, il
la vendit huit cent fequins d'or à
la Princeffe Gulpenhé. Voilà, Seigneur, pourfuivit le fils d'Abubeker, toutes les avantures de la
belle Gulguli-Chemamé ; quant
à celle du Corfaire, permettez,
Seigneur, que j'en retarde le recit de quelques jours ; & qu'em-
ployant le tems qui me refte aujourd'hui, je commence une Hiftoire des plus intéreffantes : Très-
volontiers, mon cher Ben - Eridoün, repliqua le Roi, tu m'obli-

geras infiniment : le nouveau Vifir ayant alors pris la parole , raconta l'Histoire suivante.

HISTOIRE

De *Mir - bahadin*, Roi d'Ormuz.

Mir-bahadin, Roi d'Ormuz, faiſoit ordinairement ſa réſidence à Dagma, petite Ville de ſes Etats, pour laquelle il avoit une inclination particuliere : Ce Prince avoit coûtume d'aller ſouvent ſe délaſſer dans un Château qu'il avoit ſur le bord de la mer, lorſqu'un ſoir aſſez tard qu'il revenoit à pied de la chaſſe, où il s'étoit égaré, il apperçut un Calender d'environ ſoixante ans, précedé d'un eſclave noir, qui portoit ſur ſes épaules un grand ſac de cuir.

Le Roi d'Ormuz voulant con-

noître ce qu'il y avoit dans le fac,
fe coucha le ventre contre terre
avec fa fuite, qui étoit feulement
compofée d'un de fes Vifirs & de
deux Efclaves ; il entendit quelques momens après le Noir pofer
fon fac à terre, & parler ainfi au
Calender ; ce fac péfe extreme-
ment, Seigneur, permettez que je
me repofe un peu pour reprendre
haleine : Mazaoul, reprit le Calender, tu t'arrêtes bien mal-à-
propos, nous n'avons plus que
quelques pas à faire, gagnons la
Barque qui nous attend, pour
nous débaraffer du Monftre qui
eft enfermé dans ce fac : mais,
Seigneur, repliqua le Noir, faites-vous bien attention que ce
Monftre eft votre fille ; pour moi
je vous avouë que je n'obéis qu'à
regret à des ordres auffi cruels, &
que je ne puis vous croire affez
inhumain pour faire jetter à la

mer, tout ce que la Nature a jamais formé de plus parfait. Dis
donc, de plus pernicieux & de
plus déteftable : que tu connois
mal Ak-beyaz. * ? La beauté n'eft
recommandable qu'autant qu'elle eft accompagnée d'une belle
ame, & cette malheureufe que
j'ai honte d'appeller ma fille s'eft
tellement noircie par fes crimes,
qu'après avoir caufé la mort de
fes deux freres, il ne lui refte plus
pour remplir fon horofcope, qu'à
me percer le cœur. Reprends
donc ton fac, mon cher Mazaoul,
&redoublons nos pas, pour gagner
le rivage de la mer.

Mazaoul, quoiqu'avec repugnance, fe difpofoit à charger le
fac fur fes épaules, lorfqu'Ak-
beyaz qui y étoit enfermée, & qui
jufqu'alors avoit gardé le filence,
demanda la vie au Calender dans

* Blanc-rif.

les termes les plus tendres & les
plus soumis.

Si cette voix dont les accens auroient touché les plus barbares,
ne fit aucun effet sur le cœur de
son pere, elle fit une telle impref-
sion sur celui de Mir-bahadin, que
se levant sans balancer & se saisif-
sant du sac: cruel Vieillard, s'écria-
t-il, le sabre à la main, abandon-
ne une résolution aussi lâche que
celle que je viens d'entendre : je
prends ta fille sous ma protection.,
elle ne mourra pas.

Le Calender surpris d'une rencontre, à laquelle il s'attendoit si
peu, tira aussi-tôt son poignard :
qui que tu sois, dit-il, tu ne m'em-
pêcheras pas de faire justice à mon
propre sang, en même tems il se
jetta sur le sac qu'il perça de plusieurs coups.

LIII.

QUART D'HEURE.

AUX cris de la personne qui
étoit enfermée dans le sac
& qui se sentoit blessée, le Roi
d'Ormuz, Seigneur, fut si émû
qu'il porta sur la tête du Calender
un coup de sabre dont il fut renversé & mis hors de combat, ensuite ayant fait saisir le Noir, il ouvrit lui-même le sac dont il tira
une femme à demi-évanoüie que
l'obscurité de la nuit l'empêchoit
de voir distinctement, mais qui
paroissoit d'une blancheur éclatante. Il ordonna alors à son Visir de prendre cette personne entre les bras, & s'étant fait connoître à Mazaoul, il lui fit charger
sur ses épaules le Calender qu'il
venoit

venoit de blesser, & faisant dou-
bler le pas à toute sa suite, il arriva
en peu de tems à son Château. A
peine ce Prince y fut-il entré,
qu'il fit venir ses Chirurgiens;
Ak-beyaz se trouva legerement
blessée de plusieurs coups de poignard aux bras, mais pour le Calender, le coup qu'il avoit reçû
étoit parti d'une main si puissante,
que l'on jugea qu'il n'avoit que
quelques heures à vivre : en effet,
il mourut peu de tems après sans
connoissance. Pour Ak-beyaz, à
peine fut elle revenuë de son évanoüissement, que le Roi d'Ormuz
fut dans la derniere surprise de
trouver en elle tant de beauté ; en
effet, Seigneur, jamais la Nature
n'avoit comblé aucun Sujet de ses
faveurs avec autant de profusion,
& les Sultannes du Sérail de ce
Prince, quoiqu'en très-grand
nombre, n'étoient pas dignes d'en-

trer en comparaison avec une personne qui auroit même emporté
le prix de la beauté sur les Hou-
ris. *

La voir & en être éperduëment
amoureux, ne furent qu'une même chose pour Mir-bahadin. Quelque frappé qu'il eût été des dernieres paroles du Calender, il ne
balança pas un seul moment à
donner son cœur à cette belle fille:
Quoi ! s'écria-t-il , un pere peut
être assez cruel pour vouloir ôter
la vie à ce miracle de la Nature !
Ah, pere barbare ! Quelles graces n'ai-je pas à rendre au grand
Prophete, de m'être trouvé assez à
propos pour t'empêcher de commettre un crime si noir ; tu n'as
que trop mérité la mort que tu as
reçûë de ma main. Pour toi, Ma-

---

* Ce sont des filles d'une excellente beauté,
dont Mahomet promet la joüissance dans son Pa-
radis , aux bons Muzulmans.

zaoul , continua-t-il à l'esclave,
toi qui par ton retardement & ta
juste pitié , a sauvé la vie à cette
divine personne , reçois de ton
Roi, ce diamant & la liberté ; c'est
le moindre prix que mérite. la
compassion que tu as eû du sort
de ta Maîtresse. Mazaoul reçut
avec un profond respect le diamant qui valloit au moins dix mille pieces d'or , & se retira ensuite,
pour laisser au Roi une pleine liberté d'entretenir Ak-beyaz.
Cette belle personne regardoit
avec étonnement ce qui se passoit
dans le Palais du Roi. La présence
de son pere mort, n'étoit pas capable de diminuer la joye où elle
étoit de voir les transports de Mir-
bahadin ; elle comprit d'abord
toute l'étenduë de son amour, &
résoluë de se prévaloir du pouvoir
qu'elle avoit déja sur le cœur de
ce Monarque , pour en effacer les

mauvaifes impreffions que le difcours du Calender pouvoit y avoir
laiffées : Seigneur, dit-elle au Sultan, qui lui baifoit la main avec
une tendreffe extrême, je ne fuis
pas digne de cet excès d'amour;
quoiqu'innocente de la mort de
mes freres, leur fang, ainfi que
celui du Calender s'éleve contre
moi : permettez donc que je pren-
ne le parti de la retraite, & que
j'aille éternellement pleurer des
crimes dont les Aftres feuls m'ont
renduë coupable.

Non, charmante lumiere de ma
vie, reprit le Roi, votre éloigne-
ment vous rendroit plus criminel-
le devant notre Prophete, que vous
ne l'êtes jufqu'à préfent, fi l'on
en doit croire votre pere ; vous
cauferiez infailliblement la mort
d'un Roi qui vous adore, & qui
ne peut vivre un feul moment
éloigné de vos beaux yeux. A K-

beyaz rougit en ce moment, &
voulant se lever pour se prosterner devant Mir-bahadin , il l'en
empêcha , & l'obligea de se tenir
sur son Sopha. Seigneur , dit-elle
en ce moment , il m'est impossible
de ne pas oublier tous mes malheurs, vous vous abaissez jusqu'à
aimer votre esclave .... Ah ! je
veux l'élever dans un rang si haut,
s'écria le Roi d'Ormuz , qu'elle
fera déformais l'envie de toutes les
Beautés de la terre ; alors la prenant par la main , il la fit passer
dans le Salon le plus prochain ,
pendant qu'on retiroit le corps du
Calender. L'on avoit pansé A k-
beyaz de ses blessures , elles n'a-
voient fait qu'effleurer la peau, &
comme le Roi d'Ormuz paroissoit
fort curieux de sçavoir ses avantures , pourvû que le recit n'inté-
ressât pas sa santé : voici, Seigneur,
de quelle maniere elle les lui raconta.

HISTOIRE.

D'Ac-beyaz , fille d'Abdalla Yousouf.

AVant de commencer mon Histoire, il est nécessaire, Seigneur, de vous rappeller quel-ques évenemens dont le souvenir ne peut que vous être glorieux. Il y a environ quatorze ans, qu'A-mir-Massaud * occupoit le Trône d'Ormuz ; ce Prince s'étoit rendu tellement en horreur à ses peuples par mille cruautés inoüies, qu'ils résolurent de le déposseder. Vous

---

* Ce Prince regna à Ormuz environ l'an 1291 H fut chassé du Trône par Mir-bahadin-Ayaz Séyfin , qui avoit été Esclave du Roi Nocerat, & depuis Gouverneur de Calayate.

étiez, Seigneur, en ce tems-là
Gouverneur de Calayate * , où
votre prudence, votre juſtice, &
tant de belles qualités que l'on re-
marque en vous, vous faiſoient
adorer de tous les peuples dont
vous aviez l'adminiſtration. Les
Principaux du Roïaume, las de la
tyrannie de Maſſaud, recoururent
à vous, Seigneur, & vous mirent
à la tête d'une nombreuſe Armée,
avec laquelle vous contraignîtes
Maſſaud de s'enfuir ; ſes deux freres eſſaïerent vainement de le ré-
tablir ſur un Trône dont il s'étoit
rendu indigne : Votre valeur leur
fit trouver la mort dans leur témeraire entrepriſe, & les Sujets
de Maſſaud qui connoiſſoient toutes vos belles qualités, vous con-
jurerent de vouloir bien être leur
Roi.

* Port d'Arabie.

L I V.

QUART-D'HEURE.

MON pere, continua Ak-
beyaz, que l'on nommoit
Abdalla Yousouf, & que votre
Majesté vient de priver de la vie,
étoit un des favoris de Massaud;
ministre secret de ses cruautés, il
en faisoit retomber toute l'horreur sur les Visirs, ou sur le Roi
même. Excusez, Seigneur, si je
parle ainsi d'un homme qui m'a
donné la vie; la maniere cruelle
dont il a voulu me l'ôter, me fait
oublier qu'il ait été mon pere; je
ne sçai que depuis quelques heures que je lui dois le jour, & je n'a-
vois appris les circonstances que
je viens de vous raconter, que par
les bruits publics, & dans le tems
que

que j'ignorois que je fuſſe ſa fille.

Abdalla Youſouf donc, avec
d'auſſi mauvaiſes inclinations, ne
pouvoit manquer d'être riche ; il
avoit les plus belles Eſclaves d'Ormuz, & ce fut d'une d'elles, nommée Indgi * que je reçûs la lumiere, il y a près de dix-neuf ans.
Abdalla Youſouf voïant que ma
mere avoit été très-incommodée
pendant ſa groſſeſſe, eut la curioſité de conſulter ſur ma naiſſance
un vieux Muſulman appellé Mou-
bareĸ ** qui étoit en réputation
d'habile Aſtrologue. Ce bon vieillard lui répondit, que la femme
pour laquelle il s'intereſſoit, ac-
coucheroit d'une fille qui ſeroit
cauſe de la mort de ſes freres &
de ſon pere : le mien effrayé d'une
pareille prédiction, en vint faire
le rapport à Indgi, qui moins ſu-

* Perle.   ** Beni.

perftitieufe que lui , combattit fa
crédulité par des raifons fi fortes,
qu'elle le détourna de m'ôter la
vie que je n'avois pas encore entiérement reçûë ; enfin, Seigneur,
je vis la lumiere au bout du tems
preferit , & je parus fi belle , que
le plus barbare n'auroit pas executé la cruelle réfolution dans laquelle Abdalla Youfouf étoit peu
de jours auparavant à mon fujet,

On m'éleva avec tout le foin
imaginable jufqu'à trois ans, mais
l'ange de la mort ayant féparé l'a-
me d'Indgi de fon corps , mon pere
en conçut une affliction fi violente
qu'il en penfa perdre l'efprit : pour
n'avoir rien devant fes yeux qui
lui rappellât un fouvenir fi tendre,
il me fit porter dans un Village
qui n'eft pas éloigné d'Ormuz. On
me mit entre les mains d'une bonne femme, à qui l'on cacha qui
j'étois, & on lui ordonna de m'élever comme fa propre fille.

Abdalla Youfouf avoit eu deux
fils d'une autre de fes femmes ; il
ne m'eut pas plûtôt perdu de vûë,
que tournant toutes fes affections
vers eux, il rendit à leur mere toute la tendreffe qu'il avoit eu pour
elle avant que d'aimer Indgi :
Quoique Calaf-Haray *, (c'eft le
nom de cette femme,) eût d'efprit
pernicieux, & le cœur cruel, Abdalla Youfouf aveuglé fur fes
mauvaifes qualités, s'étoit tellement attaché à elle, qu'elle avoit
un pouvoir abfolu fur toutes fes
volontés. Un jour, dans un moment de tendreffe & d'épenche-
ment de cœur, mon pere lui ayant
raconté la prédiction de Moubarek, & appris le lieu où il m'avoit
relegué pour en empêcher les
effets, Calaf-Haray lui témoigna
une extrême furprife de fa cle-
mence envers moi : Comment,

* Cœur couleur Fiel.

L ij

Seigneur, lui dit-elle, vous ajoû-
tez fi peu de foi aux prédictions de
ce divin Oracle du ciel, & vous
confervez la vie à un monftre qui
doit vous donner la mort & à mes
enfans ? Ah ! Seigneur, je le jure
par notre grand Prophete, fi cet
homme beni de Dieu en avoit prédit autant de ceux à qui j'ai donné
le jour, pour prévenir un parricide qui me fait horreur, je leur
aurois déja moi-même enfoncé un
poignard dans le fein.

Abdalla Youfouf fut vivement
touché de la maniere preffante
dont la Sultanne lui parloit ; cependant la Nature, apparamment
plus forte en lui que les larmes de
Calaf - Haray, l'empêchea de
donner les mains à une auffi cruelle réfolution, & voici ce qu'il exe-
cuta pour me fauver la vie, &
pour mettre l'efprit de fa femme
en repos. Son premier Vifir avoit

un Château magnifique à douze
lieuës de Dagma ; il y fit bâtir une
Tour aſſez obſcure dans le fort du
bois, & m'ayant fait porter pendant une nuit très-noire dans cette
ſombre demeure , accompagnée
ſeulement de la femme qui avoit
eu ſoin de mon enfance , j'y fus
renfermée pendant quatorze ans
avec toute l'exactitude poſſible.
Comme j'en avois à peine trois
quand j'entrai dans la Tour, je
m'accoûtumai ſans répugnance à
un genre de vie auſſi triſte ; je re-
gardois comme ma mere, la femme qui avoit ſoin de moi , & elle
m'aimoit avec autant de tendreſſe
que ſi j'euſſe été ſa fille. Quand ,
dans un âge plus avancé , je commençai à raiſonner, je lui faiſois
mille queſtions auſquelles elle
étoit toûjours muette ; les larmes
lui venoient ſouvent aux yeux,
quand je lui demandois ſi nous

refterions toûjours dans cette
Tour , & par quelle raifon nous y
étions renfermées ; elle ne fçavoit
que me répondre , & fouvent fes
réponfes étoient fi énigmatiques
que je n'y comprenois rien. Je lui
avois plufieurs fois oüi dire que
nous y étions gardés par des hommes impitoyables , mais comme ils
habitoient les dehors de la Tour,
je ne les avois jamais vû , & je ne
m'imaginois pas même ce que c'é-
toit qu'un homme. La curiofité
me fit chercher toute forte de
moyens pour faire cette découverte , cela paroiffoit impoffible à ma
Gouvernante ; on nous paffoit à
manger par une fenêtre baffe &
grillée que l'on refermoit auffi-tôt,
fans que nous puffions voir la main
qui nous fervoit , & il n'y avoit
pas la moindre ouverture à la
Tour par où je puffe fatisfaire mes
défirs. J'en étois dans un chagrin

mortel, mais enfin, ayant trouvé
un morceau de fer propre à foüir
la terre dans une efpece de petit
Jardin qui étoit en terraffe au haut
de la Tour, j'effayai de m'en fervir pour me faire un petit jour à
travers le mur. Après un travail
& une patience de plus d'un mois,
je parvins enfin, Seigneur, à détacher une pierre de deux pieds
en quarré dans un petit Cabinet
du Donjon de la Tour. La murail-
le en cet endroit étoit beaucoup
moins épaiffe, de forte que je ne
fus pas longtems fans faire un jour
à pouvoir paffer la tête : quoique
la vûë fût très bornée, je m'imaginai voir un nouveau monde ;
mais quelle fut ma furprife en appercevant ce que ma Gouvernante m'avoit dit être des hommes,
de ne voir que des monftres
affreux, c'eft-à-dire, Seigneur,
des Efclaves noirs les plus laids

que l'on eût pû choisir ; je m'imaginai que toute la terre n'étoit remplie que de ces hideuses figures, & dans cette croyance, je commençai à ne me plus plaindre de ma captivité;mais quoique mon aversion ne diminuât pas pour ces Noirs, je m'accoûtumai peu à peu à les regarder avec moins de frayeur, & je passois la plus grande partie du jour à ma petite fenêtre. Mais que devins-je un matin, il y a environ deux ans, lorsque j'apperçûs au pied de ma Tour un jeune homme mille fois plus beau que l'Amour; j'appellai promptement Lelalu, (c'est le nom de ma Gouvernante,) elle ne put elle-même le regarder sans admiration, & me dit, que c'étoit là un de ces hommes dont elle m'avoit quelquefois parlé, mais qu'elle n'avoit jamais vû rien de si parfait que celui-là.

L V.

QUART-D'HEURE.

MON cœur fut tellement émû à cette vûë, continua AK-beyaz, que je ne me connus plus. Ah ! ma bonne mere, m'écriai-je, je mourrai de défefpoir, fi vous ne trouvez le moyen de me faire parler à ce jeune homme. Lelalu fut très-interdite de m'entendre ainfi raifonner ; elle m'aimoit infiniment, & voyant que mon chagrin augmentoit : Je vais, me dit-elle, ma chere fille, tâcher de vous donner fatisfaction : Alors prenant une pelotte de foye blanche avec laquelle nous travaillions en broderie, elle enveloppa dans un morceau de taffetas jaune, un grain

de raisin, un petit morceau de
gingembre, du charbon & de l'a-
lun, & le descendit par le moyen
de la pelotte de soye, à travers le
trou que j'avois fait. Ce jeune
homme regardoit attentivement
cette Tour, lorsqu'il vit descendre le paquet jusqu'à terre ; il ne
douta point qu'il ne s'adressât à
lui, & profitant du sommeil des
gardes de la Tour, il s'en approcha de plus près, & le dévelop-
pa : J'étois fort attentive à ses gestes, qui me paroissoient extraordinaires, & j'en demandai l'explication à Lelalu, qui me dit qu'ils
témoignoient son admiration &
l'envie qu'il avoit de voir de plus
près la personne qui lui avoit envoyé ce paquet mistérieux : ensuite je pensai mourir de joye en lui
voyant ôter sa Bague de son doigt,
qu'il attacha, pour toute réponse,
à la soye dont nous avions le bout.

Je la retirai promptement vers le haut de la Tour, & transportée de plaisir, je baisai mille fois cette Bague : mais le jeune homme entendant du bruit, se retira promptement & me laissa fort inquiete de son départ.

Lelalu me regardoit avec tristesse : Ah ! ma chere fille, me dit-elle en m'embrassant, que de maux je prévois que vous allez vous donner par une passion si vive & si subite ; tout espoir de sortir d'ici vous est interdit, l'entrée de cette Tour est inaccessible à votre Amant, & vous allez vainement languir & vous consumer pour un homme qui ne vous donne peut-être des marques de sa tendresse, que pour répondre à la galanterie que je viens de lui faire en votre nom, en lui envoyant le petit paquet que j'ai descendu avec cette soye. Comment, m'é-

criai-je ! ces bagatelles que vous
avez renfermées dans un morceau de foye, signifient quelque
chose ? Sans doute, me répondit
Lelalu, & je vais vous l'expliquer.

Il y a plusieurs manieres différentes d'exprimer l'amour; la Nature, cette maîtresse universelle
est la premiere Ecole qui ait regné dans le monde ; elle a mis en
usage toutes sortes de moyens
pour faire connoître à l'objet aimé, les troubles qu'il cause dans
l'ame d'un amant. L'écriture ou
la voix servent à peindre par des
traits vifs & touchans, l'ardeur
qui consume deux personnes qui
s'aiment dans un Païs libre, où
l'on peut se voir & se parler : mais
comme dans tous l'Orient, l'on
ne joüit pas de cet avantage, l'on
a recours à des inventions dont
vous ignorez encore l'usage. Les
Amans en ce Païs, plus suscepti-

bles d'amour que toute autre Na-
tion, pouffent leurs paffions jufqu'à la fureur ; ils s'y abandon-
nent fans aucune referve, & en
font leur fouverain plaifir : Il ne
faut donc pas s'étonner, fi la captivité où l'on tient ici les femmes,
fournit aux hommes mille ingé-
nicufes manieres de fe faire entendre ; la feule Nature leur en a
fait inventer d'extraordinaires ;
prefque tout ce qui entre dans le
commerce de la vie fert à celui
de l'Amour : l'or, l'argent, les
fruits, les fleurs, les infectes, en
un mot, les chofes les plus fimples ont leur fignification, & leur
valeur naturelle, ou allégorique ;
c'eft ce que dans notre langue l'on
appelle le Selam, de forte qu'un
petit paquet gros comme le doigt
renferme un difcours fort expref-
fif, & qui fait plus d'impreffion
fur le cœur que les caracteres

les plus tendres d'une lettre. L'A-
mour muet trouve ici dans chaque Amant un Dictionnaire galant & spirituel, & dans l'Orient
les filles font tellement instruites
de la force des expressions du Selam, qu'il est rare d'en trouver
une à douze ans qui ne soit en état
d'écrire de cette maniere à l'objet
de sa tendresse ; on la préfere même à l'écriture ordinaire, parce
quand même les surveillans les
plus exacts trouveroient le Selam,
ils ne peuvent jamais sçavoir pré-
cisément de qui il vient, ni à qui
il s'adresse. J'écoutai le discours
de Lelalu avec une extrême surprise, continua A κ-beyaz ; quoi!
m'écriai-je, est-il possible qu'un
grain de raisin, du gingembre,
du charbon, de la soye blanche,
& un morceau d'étoffe jaune,
puissent signifier quelque chose?
Oüi, ma chere fille, me dit ma

Gouvernante , voici , mot pour
mot , leur explication.

» Je voudrois que vous fussiez in-
» formé de la tendresse que je
» viens de concevoir pour vous ;
» Je ne suis plus à moi-même, de-
» puis que je vous ai vû , mais dans
» la cruelle situation où je me
» trouve, je vais languir, pendant
» que vous joüissez d'une vie char-
» mante ; faites-moi réponse, &
» & finissez , s'il se peut, tous mes
» malheurs.

Et que veut dire la Bague que
ce jeune homme m'a envoyée,
dis-je à Lelalu ? Que vous devez
avoir toute confiance en lui , me
répondit-elle, & qu'il va faire ses
efforts pour vous tirer d'où vous
êtes.

Ah ! m'écriai - je transportée
de joye , je ne suis plus surprise
des gestes qu'il faisoit en dévelop-
pant le morceau de taffetas jaune ;

voilà, fans doute, une maniere
bien merveilleufe de fe faire entendre, inftruifez-moi, je vous prie,
promptement dans cette langue,
l'Amour perd plus de la moitié de
fa force, quand il a befoin d'in-
terprête.

Que vous dirai-je, Seigneur,
pourfuivit A κ-beyaz, en adreffant toûjours la parole au Roi
d'Ormuz ; j'avois une telle impatience de devenir favante dans ce
langage muet, qu'en moins de
quatre jours, j'en fçus prefque autant que Lelalu : mon Amant
profitant de l'extrême chaleur du
jour, pendant lequel les Noirs
s'abandonnoient au fommeil, ne
manquoit jamais d'être au pied de
la Tour : le Selam alloit & venoit
de part & d'autre, & nous nous
difions les plus jolies chofes du
monde, lorfqu'il me fit entendre,
qu'impatient de ne me voir que
de

de loin, il avoit trouvé le fecret
de s'engager au Gardien de la
Tour, & qu'il efperoit, avant
quelques jours, pouvoir me parler en toute liberté : En effet, il
fe noircit tout le corps, & s'étant
prefenté au Géolier de ma prifon,
à la place d'un de fes efclaves qui
étoit mort, il en fut reçû avec
plaifir.

Il y avoit déja trois jours que
je n'avois eu de fes nouvelles,
lorfque, vers le milieu de la nuit,
j'entendis ouvrir la porte qui étoit
au pied de mon efcalier ; je prè-
tois une oreille attentive à un
bruit fi agréable, lorfque j'apperçus mon Amant avec une lampe à la main ; fa couleur ne m'effraya pas, il m'avoit averti que cette noirceur s'effaceroit aifément ;
je m'avançai précipitamment au-
de-vant de lui, mais, Seigneur, il
fut tellement éblouï de quelque

beauté qu'il trouva sur mon visage, que s'appuyant contre la mu-
raille de l'escalier, je vis le moment qu'il alloit s'évanoüir.

LVI.

QUART-D'HEURE.

JE retins mon Amant dans mes
bras, je le fis entrer dans ma
Chambre, où après lui avoir lavé
le visage, je reconnus ces traits
charmans qui m'avoient percé le
cœur : Belle personne, s'écria-t il
alors, en se jettant à mes genoux !
Lumiere de ma vie, profitons du
sommeil que j'ai procuré à tous
vos gardes par une boisson sopo-
rative, & venez avec moi dans un
lieu digne de vous recevoir comme mon épouse.

Alors, Seigneur, me prenant
par la main, il me fit descendre

avec ma Gouvernante ; nous sor-
tîmes de la Tour sans aucun obsta-
cle ; & après avoir marché dans le
bois pendant une bonne heure,
nous entrâmes dans une Cabanne
de Charbonniers, où ayant trouvé des chevaux tous prêts, nous
employâmes le reste de la nuit &
le jour suivant pour arriver dans
les Faux-bourgs de Dagma : là,
mon Amant m'ayant conduit dans
une très-jolie maison, où il me fit
prendre quelque nourriture, il se
retira ensuite pour aller se mettre
dans le bain, pendant que Lelalu
& moi nous nous reposâmes de la
fatigue de notre marche. A peine
eus-je fait connoître que j'étois
éveillée, qu'Agib (c'est ainsi, Seigneur, que se nommoit mon A-
mant) entra dans ma chambre mille fois plus brillant que le Soleil :
Ma chere ame, me dit-il, voulez-
vous differer d'avantage mon bon-

heur ? Mon filence lui ayant fait
alors affez connoître que je ne
m'oppofois pas à fes défirs : permettez, me dit-il, que la feule perfonne que j'aime prefque autant
que vous, foit témoin de notre
mariage : alors allant prendre par
la main un jeune Perfan, il me le
préfenta, en me difant que c'étoit
fon frere, & me conjurant d'a-
voir pour lui toute la tendreffe
poffible ; je l'affurai de ma parfaite eftime, & quelques Efclaves
ayant apporté un repas très propre, nous les renvoyâmes, afin
qu'ils ne fuffent pas les témoins
de nos plaifirs. J'en attendois du
moins ; mais, Seigneur, que je me
vis éloignée de mes efperances. Il
y avoit quatre ou cinq heures que
nous étions à table : mon époux
étoit à côté de moi fur le même
Sopha, il affaifonnoit tous fes difcours de carreffes fi tendres, que

ſon frere ne put voir notre bonheur ſans jalouſie ; le vin lui avoit
déja échauffé la tête, il vint ſe pla-
cer à mes côtés , & crut pouvoir
prendre avec moi les mêmes li-
bertés que ſon frere. Je le reçus
d'abord ſans conſéquence , mais
voyant qu'il perdoit le reſpect , je
le priai ſérieuſement d'être ſage.
Agib fut émû de la hardieſſe de ſon
frere : Rezené , lui dit-il , ſongez,
je vous prie , que cette belle perſonne va être ma femme , & qu'il
ne vous eſt pas permis de vous
émanciper ainſi auprès d'elle : Elle ne l'eſt pas encore , lui dit Rezené , étourdi du vin , & de l'a-
mour qu'il avoit conçû pour moi,
& je ne prétends pas vous ceder
une fille ſur laquelle vous n'avez
pas plus de droit que moi : vous
imaginez-vous que je ne ſçache
pas bien que ces nôces ſont imagi-
naires , & que cette perſonne eſt

une de ses filles qui pour de l'argent, se livrent au premier venu;
croyez moi, Agib, cedez-la moi
pour aujourd'hui seulement, demain elle sera entierement à vous.
Nous fûmes tellement étonnés
des insolens discours de Rezené,
que nons en restâmes immobiles ;
je voulus ensuite me lever pour
passer dans une autre Chambre :
Rezené s'oppofa à mon passage.
Agib eut beau employer la douceur auprès de son frere, il sembloit qu'un démon se fût emparé
de ses sens, & Lelalu que j'appellai à mon secours, voulant lui faire entendre raison, elle en reçut
pour toute réponse , un coup de
Cangiar qui lui perça le bras. Je fis
des cris affreux, en voyant couler
le sang de ma gouvernante, je lui
ordonnai d'appeller les Esclaves
d'Agib, ils étoient retournés à Dagma par son ordre : envain nous

essayâmes de désarmer le furieux
Rezené, ce perfide oublia en ce
moment, toute la tendresse qu'il
devoit à mon époux, se jetta sur
lui, & lui porta un coup dans la
gorge. Agib se sentant alors dangereusement blessé, mit le sabre à
la main, & devenant furieux à
son tour, en fendit la tête à son
frere, qui tomba mort à mes pieds.
Jugez, Seigneur, de mon extrême douleur, poursuivit A к-beyaz
en fondant en larmes, je voyois
Rezené sans vie, & mon époux
mourant ; il n'eut que la force de
faire quelques pas, il se laissa tomber sur le Sopha, & me tendant la
main : A к-beyaz, me dit-il, ma
chere A к-beyaz, je n'ai plus que
quelques momens à vivre, & j'i-
gnore par quel secret mouvement
je me trouve consolé de n'être pas
entierement votre époux. Je sou-
haitois ce bonheur avec tant de

paſſion, que je ne comprend point
la raiſon d'une pareille indifference. J'attendois un Iman à la pointe
du jour, pour vous donner ma foi
dans les formes, mais ma chere
ame, ſa préſence nous eſt bien inutile ; fuyez de cette Maiſon déſo-
lée ; prenez toutes les pierreries
qui ſont ſur mon Turban & ſur
mes habits, voilà encore deux mille pieces d'or dans cette bourſe :
oubliez, s'il ſe peut, le crime de
mon perfide frere, & ſouvenez-
vous quelquefois du tendre Agib.
Je vois déja Modard * qui me tend
la main, adieu mon adorable A k-
beyaz, adieu … Pardonnez, Seigneur, ſi je ne puis ici retenir des
larmes que mon cher Agib merite
avec tant de juſtice ; il perdit la parole en ce moment, & remit ſon
ame entre les mains de l'Ange de

* L'Ange de la mort, ſuivant les Perſans, c'eſt
le même qu'Azrail.

la mort. Je tombai évanoüie fur
mon époux. Lelalu, quoique bleffée au bras, ne perdit pas le jugement, elle me fit revenir de mon
évanoüiffement ; je lui panfai le
bras avec de l'huile & du vin. Elle
détacha enfuite toutes les Pierreries d'Agib & de Rezené, & les
mettant dans la bourfe où étoient
les pieces d'or, elle m'emmena
hors de cette maifon malgré l'obfcurité de la nuit ; & en ayant fer-
mé la porte, nous prîmes le premier chemin que nous trouvâmes
devant nous. Le petit jour commençoit à paroître, & l'on venoit d'ouvrir les portes de Dagma:
nous y entrâmes, & ayant rencontré une bonne femme nommée
Sumana, qui étoit de la connoif-
fance de Lelalu, elle la pria de
nous recevoir chez elle ; nous y
entrâmes laffes & fatiguées, je me
jettai fur un petit lit, où repaffant

tous les malheurs qui m'acca-
bloient depuis le premier moment
de ma naiſſance, je m'abandonnai
aux larmes & aux ſoûpirs. Je
tombai malade à l'extrémité, &
ce ne fut que par les ſoins de
Lelalu que je pus ſurvivre à tant
de diſgraces. Nous reſtâmes dans
cette maiſon près d'un an, c'eſt-
à-dire, juſqu'au moment que votre Majeſté vint demeurer dans
cette Ville, qui depuis ce tems à
toûjours été honorée de la préſence de ſon Souverain.

LVII.

QUART-D'HEURE.

LA Maison où je logeois, étoit dans le quartier du Palais de votre Majesté ; je résolus , Seigneur, de m'éloigner de la foulle & du grand bruit, avec d'autant plus de raison , qu'une fiévre ardente m'enleva quelques jours après ma chere Lelalu. Je fus inconsolable de sa perte , mais Sumana me donna tant de marques d'une véritable tendresse, qu'elle remplit bien-tôt dans mon cœur, la place que Lelalu y avoit occupée. Cette bonne femme avoit une petite maison dans un village à deux lieuës de Dagma : elle me proposa d'y venir demeurer, je m'y transportai avec plaisir, & j'en trouvai la situation si char-

N ij

mante que je la fis embellir pour
y pouvoir loger plus commodé-
ment.

Comme, depuis deux ans que
j'étois dans ce village, & pendant
le séjour que j'avois fait à Dagma, j'avois fait beaucoup de dé-
pense, je commençois à manquer
d'argent ; je resolus de vendre
quelques - unes des Pierreries de
mon époux , & je priai Sumana
d'aller chez les Juifs de Dagma ,
pour leur montrer une très-belle
Emeraude, dont je voulois me défaire : En allant à la Ville , elle
rencontra un Calender qui portoit un sac sur son bras ; il l'aborda, ils lierent ensemble conversa-
tion , & cette femme lui ayant
dit qu'elle alloit vendre quelques
Pierreries à Dagma , il l'assûra
qu'il s'y connoissoit parfaitement,
& que même il en faisoit commerce. Vous, lui dit Sumana, un Ca-

lender Marchand de Diamans?
je croyois que tout votre bonheur
confiſtoit dans une extrême pauvreté, mais il me paroît que vous
avez bien d'autres idées de votre
état.

Le Calénder ſurpris de ſa ré-
ponſe, lui avoüa qu'il étoit Marchand de Diamans ; que pour
ſe mettre à l'abri des voleurs , il
ſe déguiſoit ſous un habit auſſi
ſimple , & que ſi elle ſouhaitoit
lui montrer ce qu'elle avoit à vendre , il lui en diroit la juſte valeur:
Sumana ne fit aucune difficulté
de lui mettre mon Emeraude entre les mains, mais il n'eut pas jetté la vûë deſſus, que changeant
de couleur : perſonne , dit-il , ne
peut mieux connoître le prix de
cette Pierre précieuſe que moi,
puiſque je l'ai vendu avec pluſieurs autres, il y a environ trois
ans, à un jeune Seigneur d'Or-

muz ; il ne m'en a payé que cent
fequins d'or , mais j'en donnerai
bien aujourd'hui cent trente. La
vieille crut qu'elle ne pouvoit
mieux faire que de le lui livrer
pour cette fomme, qu'il lui paya
comptant : vous voyez, lui dit le
Calender, que je fuis homme de
parole , fi vous avez encore des
Pierreries , je vous les acheterai
toutes. Ce n'eft point à moi que
cette Emeraude appartient , lui
repliqua Sumana, mais la perfonne de qui je la tiens , en a encore
plufieurs que je ne doute point
qu'elle ne vende l'une après l'autre. Eh ! de grace, conduifez-moi
vers elle , reprit le Calender : Sumana ne fit nulle difficulté de me
l'amener , il examina tous mes
Diamans , & m'affûra les avoir
vendu à un jeune Perfan nommé
Agib. Ce nom renoüvella mes
douleurs , je ne pus retenir mes

larmes, & le Calender me regardant avec surprise : oferois - je, Madame, me dit-il, vous demander la raison d'une pareille tristesse. Ah ! mon pere, lui répondis-je, en redoublant mes pleurs, n'exigez pas de moi un récit aussi cruel : qu'il vous suffise de savoir qu'Agib a été mon époux pendant quelques instants seulement, & qu'un sort cruel me l'a enlevé au moment que j'allois lui donner les dernieres preuves de ma tendresse. Sa mort & celle de son frere ont fait du bruit dans Dagma, reprit le Calender, mais l'on ignore les auteurs de leurs affassinats. Ils ne furent pas affassinés, m'écriai-je, je suis la seule cause de leur mort. Je ne pus, Seigneur, achever en ce moment, de satisfaire la curiosité du Calender ; je fus si saisie de douleur que je tombai évanoüie entre les bras de

Sumana. Cette pauvre fille étant entrée dans un cabinet, à côté, pour m'aller chercher quelque eau cordiale, le Calender l'y enferma à doubles tours, me mit promptement dans son sac, me jetta sur ses épaules, & m'apporta dans une petite maison qui ne doit pas être éloignée de ce Château.

Je fus très-étonnée après être revenuë de mon évanoüissement, de me trouver dans un lieu tout à fait inconnu, entre quatre Esclaves noirs & le Calender, qui tenoit un poignard prêt à me l'enfoncer dans le cœur. Scélerate, me dit-il, reconnois le pere malheureux d'Agib & de Rezené, & prépare toi à souffrir la mort que tu mérites de ton propre aveu. La vie m'étoit si indifférente, que je ne lui demandai pas qu'il me laissât vivre; helas! lui dis-je, après avoir perdu mon cher Agib, je

meurs fans regret, mais permettez du moins que je vous raconte
de quelle maniere mon époux &
fon frere ont cessé de vivre ; il
voulut bien fufpendre fa fureur
pour un moment, & m'ordonna
de parler ; je lui racontai l'hiftoire de la Tour, mes amours avec
Agib, mon enlevement, l'ivreffe
de Rezené, & la maniere cruelle
dont ces deux miferables freres
s'étoient donné la mort : les yeux
du Calender fe troublerent à ce
récit, il tomba évanoüi à fon tour
entre les bras de fes Efclaves, mais
enfuite, ayant recouvré l'ufage
des fens, il entra dans une fureur
extrême : perfide Ak-beyaz, s'é-
cria-t-il alors, reconnois aujourd'hui le malheureux Abdalla Youfouf qui t'a donné la vie.
Je t'avois confiné dans une Tour,
pour empêcher la prédiction des
Aftres qui m'avoient affûré que

tu cauferois la mort de tes freres
& de ton pere même. La revolu-
tion qui eſt arrivée dans ce
Royaume , m'a empêché de détourner l'effet de ces malheurs ,
j'ai été obligé de fuïr avec Maſ-
faud , dont un autre occupe le
Trône : un ami s'étoit chargé du
ſoin de te tenir exactement enfermée ; tes deux freres étoient con-
fiés à ſes ſoins. Helas ! ſous cet
habit de Calender , je venois les
voir de tems en tems ; ils promet-
toient tout ce que l'on peut attendre de jeunes gens bien nés : ils
avoient travaillé à faire un parti
conſidérable contre l'uſurpateur,
(pardonnez , Seigneur , dit en cet
endroit Ak-beyaz , ſi je repete les
mêmes paroles de mon pere.)
Maſſaud devoit avec moi ſurprendre Dagma le ſurlendemain de la
mort de mes fils , & c'eſt toi , fille
inceſtueuſe , qui m'aſſaſſine mes

chers Agib & Rezené. Ah! je devois croire Calaf-Haray leur mere, si j'avois suivi ses sages conseils, il y a quinze ans que j'aurois étouffé un Monstre tel que toi, mes chers enfans vivroient encore. Massaud auroit sans doute remonté sur le Trône, dont les Conjurés épouventés de la mort si extraordinaire de leurs Chefs, laissent joüir Mir-bahadin , & je ne serois pas errant , fugitif, & réduit à me cacher à la fureur de mes ennemis , sous de vils habits que je déteste : mais perfide, tu ne porteras pas loin ton crime , & j'empêcherai bien l'accomplissement entier de la prédiction de Moubarek ; ensuite , après m'avoir appris en peu de mots , ses amours avec ma mere, & tout ce que j'ai eu l'honneur de vous raconter au commencent de mes avantures : ta mort, poursuivit-il,

fait ma feule fûreté, je ne veux
pourtant point plonger ma main
dans ton fang, je fçais un autre
moyen de purger la terre d'un
Monftre que j'aurois dû empêcher de voir jamais la lumiere.

LVIII.

QUART-D'HEURE.

ALors, Seigneur, fans écouter ni mes prieres ni mes larmes, il me fit mettre par fes Efclaves dans un fac, me chargea fur
les épaules de Mazaoul l'un d'eux,
& m'alloit jetter dans la Mer,
lorfque votre Majefté s'eft heu-
reufement oppofée à fes cruels
deffeins; fa barbarie, Seigneur,
vous a fait horreur, vous lui avez
ôté la vie, & vous l'avez rendu à
une perfonne qui fera toûjours des

vœux ardens & finceres pour la
confervation de la vôtre. Voilà le
recit fidele des avantures de la
malheureufe A κ-beyaz, dont jufqu'à préfent le feul bonheur a été
de n'être pas tombée dans l'incefte,
& qui doit, tout le refte de fa vie
gémir contre les Aftres, de l'avoir
forcée à remplir fes cruelles deftinées, en caufant la mort de fon
pere & de fes freres.

Le Sultan d'Ormuz, ajoûta
Ben-Eridoiin, avoit écouté avec
une extrême attention l'Hiftoire
d'A κ-beyaz; les larmes qu'elle répandoit en abondance l'attendri-
rent, il l'embraffa avec toutes les
marques d'un véritable amour.
Ah charmante A κ-beyaz ! lui dit-
il, que les fituations où vous vous
êtes trouvée avec Agib, ont cruellement intereffé mon cœur : non !
tout mort qu'il eft, la tendreffe
que vous avez témoignée pour lui,

m'auroit caufée une extrême ja-
loufie, fi la fin de vos malheurs ne
m'avoit appris qu'il étoit votre
frere. Je fçai que les prédictions de
Moubarex ont prefque toûjours
été accomplies, mais je blâme fort
ceux qui le vont confulter ; le bien
ou le mal que nous avons fur la
terre, nous vient de nos bonnes ou
mauvaifes inclinations : & puifque
notre liberté ne peut être contrainte, nous avons plus à craindre de notre propre malice, que
de la malignité des Etoiles. Nos
actions font écrites fur la Table de
Lumiere, pourquoi vouloir pénétrer dans un avenir, qui ne peut
la plûpart du tems, que nous chagriner ? fi nous devons être heureux, l'impatience que nous avons
de toucher à ce fortuné moment
prédit par les Aftres, nous ôte plus
de la moitié de notre bonheur ; fi
le Deftin nous annonce quelque

chofe de funefte, ces triftes prédictions dérangent tous les plaifirs
de notre vie , & les précautions
que l'on prend pour éviter les malheurs aufquels nous fommes defti-
nés ne font que les avancer : ils ne
font pas même toûjours l'effet de
la prédiction, mais bien la peine de
la curiofité qui la recherche , ou
de la crédulité qui la reçoit.

C'eft ce qui eft arrivé à Abdalla
Youfouf, que le grand Prophete
a voulu punir de tous fes crimes .
par la curiofité qu'il lui a infpiré
de confulter Moubarex ; s'il n'a-
voit pas voulu pénétrer dans l'avenir, vous auriez été élevée avec
Agib & Rezené ; vous les auriez
connu pour vos freres : le premier,
loin de reffentir une paffion incef-
tueufe , ne vous auroit regardé
qu'avec refpect ; Rezené n'auroit
jamais difputé à fon frere la poffeffion d'une perfonne que les Loix

divines & humaines lui défen-
doient d'aimer criminellement;
ils ne se seroient pas tués l'un l'autre aussi cruellement, & Abdalla
Yousouf n'auroit pas trouvé la fin
de sa vie sous le tranchant de mon
sabre : mais divine Ak-beyaz éloi-
gnons, je vous en conjure, ces
tristes idées, ne songez plus uniquement qu'au tendre Roi d'Ormuz, renfermez en lui seul tous
vos plaisirs, & comptez qu'il fait
son unique bonheur de vous plaire
& d'être uniquement aimé de
vous.

Ak-beyaz obéit au Sultan, elle
essuya ses larmes, & ne put s'empêcher de témoigner par des
transports de joye, combien elle
étoit sensible à l'amour de Mir-
bahadin. Ce Monarque charmé
de la tendresse de cette belle Fille :
ne voulut pas differer son bonheur
d'un seul moment, il fit venir son
Iman,

Iman, & après avoir donné fa foi
à la belle A κ-beyaz, avec toutes
les cérémonies néceffaires, il devint le plus heureux de tous les
Epoux, & cette charmante Sultanne s'étudia toute fa vie à aller
audevant de ce qui pouvoit flatter
fa paffion. Sa grandeur & fon éle-
vation ne lui firent point oublier
Sumana, que le Calender avoit
laiffé dans fa maifon de campagne;
elle la fit venir auprès d'elle, & lui
fit part de toutes fes faveurs : & ce
fut cette même Sultanne qui fit
bâtir la belle Mofquée que l'on
voit encore à Dagma, où pendant
fon regne, fix Derviches prioient
continuellement chacun à fon
tour le fouverain Prophete pour
fon pere & fes deux freres.

Ah ! mon cher Ben-Eridoüin,
s'écria Schem-Eddin, que cette
Hiftoire m'a fait de plaifir, mais
en même tems, qu'elle a pénétré

mon cœur de la douleur la plus
vive, par la conformité de mes
malheurs, avec ceux de cette belle
Reine. De même qu'Abdalla
Youfouf, le Roi Alfaleh mon
pere confulta le fameux Abdel-
melek, ils reçurent l'un & l'autre
à peu près la même réponfe, leur
malheureufe curiofité leur a caufé
la mort, avec cette difference que
fi les premieres années de la charmante Ak-beyaz s'écoulerent
dans la triftefle & dans la douleur,
la fin de fa vie fut très-heureufe;
& qu'au contraire, ayant pafsé ma
premiere jeunefse dans la profpe-
rité, il femble aujourd'hui que le
grand Prophete ait détourné fes
yeux de defsus moi, & rejetté mes
prieres; privé de la vûë, & de tout
ce que j'ai eu de plus cher au monde, quel plaifir dois-je trouver fur
un Trône où je ne fuis monté qu'en
tuant mon pere? j'ai à la vérité

expié mes crimes, je crois en avoir
obtenu le pardon du souverain
Créateur de tous les Êtres. Je ne
connoissois pas Alsaleh, lorsque
j'eus le malheur de le priver de la
vie, mais tout innocent que mon
cœur étoit de ce parricide, qui
sçait si la cruelle situation, où je
me trouve n'en est pas la punition ?
Ah ! Seigneur, dit alors Ben-Eridoün, en se prosternant au pieds
du Roi d'Astracan, écartez les
tristes réfléxions que vous a fait
naître l'Histoire d'Ax-beyaz : l'indiscretion que j'ai eû de vous rappeller des malheurs aussi confor-
mes aux vôtres, mérite la mort, je
la subirai sans me plaindre, & ne
veux point survivre à une imprudence aussi grossiere. Eh ! mon
cher Ben-Eridoün, s'écria le Roi
d'Astracan en l'embrassant, t'i-
magines-tu que jamais mes malheurs me sortent de la mémoire :

non non tu te trompes fi tu crois
m'avoir fait de la peine par ce récit, il n'eft point d'heure que je
n'y penfe, & tu es le feul qui par
des Hiftoires toûjours plus fingulieres les unes que les autres, en
fufpend le fouvenir pour quelques
momens : continuë donc , mon
cher ami , un entretien qui me
fait tant de plaifir, & profite du
peu de tems qui nous refte aujour-
d'hui pour commencer quelqu'autre avanture intéreffante.

Ben-Eridoün fe leva en ce moment: Seigneur, dit il au Roi d'Aftracan , puifque votre Majefté
veut oublier ma faute avec tant de
bonté , je vais tâcher de la réparer
par le recit des avantures d'un
homme qui voyageoit d'une maniere bien extraordinaire, & que
pour cette raifon on appella Errant. Je t'écoute avec attention, dit
Schem-Eddin , Ben-Eridoün s'é-
tant affis , continua ainfi de parler.

HISTOIRE

D'Aboutaher l'Errant.

IL y avoit, Seigneur, dans les
Faux-bourgs d'Ormuz, fous le
regne du même Mir-bahadin, dont
je viens de vous parler, une bonne femme veuve, qui faifoit commerce de Saffran ; elle n'avoit
qu'un feul fils nommé Aboutaher,
qu'elle avoit toûjours élevé dans
la crainte de Dieu & dans l'exacte
obfervance des Commandemens
de notre Loi ; elle avoit derriere
fa maifon un petit Jardin qu'A-
boutaher cultivoit de fes propres
mains, & le ciel beniffant fon travail, il retiroit un profit affez con-
fiderable de fes peines. Un Meurier d'une beauté & d'une gran-

deur extraordinaire, lui produi-
foit des Meures exquifes, qu'il ne
vendoit que dans les premieres
Maifons d'Ormuz, où il étoit toûjours bien reçû & bien payé. Un
voifin envieux de fon petit heri-
tage, & fur tout de fon Meurier,
avoit tenté vainement plufieurs
fois d'en faire l'acquifition ; la mere d'Aboutaher avoit toûjours re-
fufé de lui vendre ; cela le piqua :
il réfolut de s'en venger. Pour cet
effet, il montoit toutes les nuits
par deffus le mur commun, &
cüeilloit les Meures, de maniere
que le lendemain Aboutaher n'é-
toit plus en état d'en fournir à fes
pratiques : comme il s'apperçut
bien-tôt de la mechanceté de fon
voifin, fon premier mouvement
fut de le guetter & de le tuer à la
defcente de l'arbre.

LIX.

QUART-D'HEURE.

IL étoit très-facile à Aboutaher de se défaire de son ennemi, en le faisant passer pour un voleur & en le tuant d'un coup de fléche; mais il ne put jamais avoir cette cruauté; quoi! se disoit-il, ferai-je mourir cet envieux pour des Meures? cet arbre me fait vivre, il est vrai, mais ne puis-je travailler & subsister sans son secours, si mon voisin me vole tant pis pour lui, il ne sera pas dit que je me venge pour un sujet aussi leger.

Il y avoit, Seigneur, plus d'un mois que toutes les nuits, Megmou (c'est le nom de ce voleur de Meures) faisoit le même manege, lorsqu'un soir qu'il pleuvoit extrê-

mement, l'on heurta à la porte
d'Aboutaher, il courut promptement l'ouvrir, & fut étonné d'y
trouver un homme âgé d'environ
quarante ans, de très bonne mine,
accompagné d'une espece de Page.
Aboutaher, lui dit cet homme,
la pluye m'oblige de me refugier
chez toi, fais-moi le plaisir de me
donner le couvert, & quelque
chose à manger, si tu le peux faire:
Aboutaher se sentit saisi de respect
à la présence de cet hôte, le reçut
de son mieux, & sa mere lui présenta tout ce qu'elle avoit de meilleur; il se mit à table, voulut
qu'Aboutaher s'assit à ses côtés, &
lui demanda pendant le repas à
quoi il s'occupoit ordinairement.
Seigneur, lui répondit ce jeune
homme, ma mere comme vous le
voyez, est fort âgée, je lui tiens
compagnie, & après avoir satisfait le plus exactement qu'il m'est
possible

possible aux préceptes du divin
Alcoran, je tâche de l'aider dans
son petit commerce : mais si nous
avions du bien suffisamment pour
vivre, mon inclination me porteroit à voyager. Rien ne me sem-
ble plus avantageux à un jeune
homme, & je sens que les plus
grands périls ne m'étonneroient
pas. L'hôte d'Aboutaher approuva
son penchant : je suis trompé, lui
dit-il, si tu n'exécutes un jour tes
intentions, & si tu ne deviens
un voyageur fort extraordinaire ;
mais après avoir mangé du Pileau
que j'ai trouvé excellent, ne me
présenteras-tu pas un petit plat de
Meures ; tu passes pour avoir les
plus excellentes d'Ormuz. Helas !
Seigneur, reprit Aboutaher, je
voudrois pouvoir vous en offrir,
mais j'ai un méchant voisin qui
m'en empêche ; il me les vole toutes les nuits, & je suis sûr qu'en ce

moment, il n'y en a pas une sur
mon Meurier en état d'être man-
gée. L'hôte d'Aboutaher lui demanda s'il ne pouvoit pas l'empêcher de le voler. Je ne sçache
qu'un moyen, lui répondit ce jeune homme, c'est de l'assommer ;
je l'aurois déja fait ; mais quand je
considere combien la vie de l'homme est précieuse devant Dieu, je
ne puis me résoudre à l'ôter à mon
voisin pour un panier de Meures :
cela est vrai, reprit l'hôte , & ces
sentimens sont très-loüables, mais
sans qu'il en coûte la vie à ce fri-
pon , je veux t'en venger d'une
maniere toute particuliere. Alors
le faisant conduire au pied du
Meurier, il le toucha de sa main,
& l'assura que quiconque monte-
roit dessus, sans sa permission, y
resteroit jusqu'au jour terrible du
jugement universel, à moins qu'il
ne consentît que l'on en descen-

dit. Quelque refpeƈt qu'Aboutaher eût pour fon hôte, il ne put
s'empêcher de rire d'une punition
qui lui paroiſſoit auſſi ridicule
qu'impoſſible : cet homme ne s'en
ſcandaliſa pas : Aboutaher, lui
dit-il , il y a des choſes plus in-
croyables dans notre Alcoran, y
ajoûte-tu foi ? Ah ! Seigneur, reprit-il , il ne m'eſt pas permis d'en
douter , & notre ſouverain Prophete étoit trop ami de Dieu ,
pour avoir mêlé aucun menſonge
dans le Livre divin: oüis je les crois
avec la foi inalterable d'un vrai
Muſulman, prêt à perdre la vie
pour les ſoûtenir contre les Infideles. Je ſuis content de toi, répliqua
l'hôte, il eſt peu d'hommes auſſi
fermes que toi dans ſa religion.
Reconnois en moi ce Prophete
dont tu viens de parler, le Grand
Mahomet, Chef & Pere de tous
les Croyans. Ton Meurier te fera

bientôt voir l'effet de mes promeffes.

A peine, Seigneur, notre fouverain Prophete eut ainfi parlé,
qu'il difparut avec fon Page ; jugez
de l'étonnement & de la joye où fe
trouva Aboutaher : il courut apprendre cette nouvelle à fa mere
qui ne pouvoit y ajoûter foi ; elle
ne fut convaincuë de cette verité,
que lorfque fon voifin fut monté
le furlendemain fur fon Meurier ;
il y cuëillit toutes les Meures qu'il
lui plût, il en emplit fon panier ;
mais quand il voulut defcendre,
fes efforts fe trouverent vains, il
refta collé fur l'arbre fans pouvoir
fe remuer de fa place. Le jour
vint, Aboutaher courut à fon jardin avec fa mere, il trouva fon envieux perché d'une maniere à le
faire rire ; fes plaintes, fes promeffes de ne le plus voler furent
vaines ; il courut chercher le Ca-

dy, & le conduifit chez lui ; il interrogea le voleur qui convint de
tout, & ayant offert fur le champ
de rendre la valeur de toutes les
Meures, Aboutaher confentit qu'il
defcendît de deffus l'arbre, ce qu'il
exécuta avec joye, il paya les Meures, & fut encore condamné par
le Cady, à recevoir vingt coups
de bâton fur la plante des pieds,
& à une très-fevere amende.

Une avanture auffi extraordinaire fit grand bruit dans Ormuz ;
perfonne ne fut affez hardi pour
venir dérober par la fuite les Meures d'Aboutaher, & ce bon Mu-
fulman joüiffoit tranquillement
du produit de fon petit jardin, lorfqu'un matin, allant pour cüeillir
fes Meures, il entendit quelqu'un
pouffer de profonds foupirs de
deffus fon Meurier, fans y appercevoir perfonne.

LX.

QUART-D'HEURE.

QUel fut, Seigneur, l'étonnement & la frayeur d'Abou-
taher, aux plaintes qui partoient de
deſſus ſon Meurïer : qu'entens-je,
s'écria-t-il ? Qui eſt-ce qui ſe plaint
ici ? Helas ! lui répondit une voix
fort touchante, c'eſt une malheureuſe Ginne * qui ſe trouve arrê-
tée ſur cet arbre par un accident
des plus extraordinaire. Es-tu, lui
demanda Aboutaher, de ſes Genies bien faiſans , amis des fidelles
Croyans, ou bien de ces Anges
réprouvés , qui par leur déſo-
béïſſance ont mérité d'être privés

_____

* Eſprit élementaire ou intelligence de celle
que les Orientaux croyent avoir été créés de
Dieu, de la matiere d'un feu ardent & boüillon-
nant , avant qu'il eût réſolu de créer l'homme.

pour toûjours, de la vûë de leur souverain Créateur? J'adore le vrai Dieu, reprit la Ginne, je suis ennemie mortelle d'Eblis * Prince des Anges de ténebres, & j'allois même en ce moment empêcher l'effet de ses persécutions envers une Princesse des Isles de Celebes, lorsque je me suis sentie retenuë sur ce Meurier par un pouvoir surnaturel. Tu as raison, reprit Aboutaher, d'appeller le pouvoir surnaturel, puisque c'est notre Grand Prophete lui-même qui m'a don-

---

* Huffain Vaïez dans son interpretation Persienne de l'Alcoran sur ces mots, *Fasageiadou Illa Eblis Abba*, qui signifient, *& ils l'adorent, excepté Eblis qui refuse de le faire*, dit que les Anges ayant reçûs un commandement exprès de Dieu de se prosterner devant Adam, ils y satisfirent tous à la réserve d'Eblis qui refusa d'obéir, & il ajoûte ces paroles, excepté Azazel créature de l'ordre & de l'espece des Ginnes, qui sont des esprits ou Genies, lequel fut depuis surnommé Ibba & Eblis, à cause de sa désobéïssance, & parce qu'il n'a plus rien a esperer de la misericorde de Dieu.

né celui d'y arrêter jufqu'à la fin
du monde, quiconque y montera
fans ma permiffion ; mais je ne
veux point m'en fervir contre toi ;
& puifque tu ne t'employe qu'à
faire du bien, pars, exécute tes
bonnes intentions. Je vais partir,
répondit la Ginne ; mais je veux
te récompenfer du plaifir que tu
viens de me faire ; ramaffe cette
branche que je viens de caffer à ton
Meurier : Aboutaher obéït, alors
la Ginne paroiffant dans fa forme
naturelle, elle lui fit voir le plus
beau vifage qui fût fur la terre.
Aboutaher la regardoit avec admiration, lorfqu'elle lui parla ainfi : Je fçai que tu as toûjours eu
une forte paffion de voyager, qui
n'a été balancée jufqu'à ce jour
que par le défir de ne point quitter
ta mere ; je vais accorder ton devoir avec ton inclination ; quand tu
tiendras cette baguette en main

tu n'auras qu'à souhaiter d'être en
tel lieu de la terre que tu voudras,
tu y seras transporté sur le champ.
Aboutaher, après avoir remercié
la Ginne qui disparut dans le moment, courut porter cette nouvelle à sa mere ; elle ne put s'empêcher d'en rire ; mais elle fut
bientôt contrainte d'y ajoûter foi,
lorsque son fils ayant voulu faire
l'épreuve de sa baguette, souhaita
d'être transporté à Medine ; à peine eut il témoigné l'envie qu'il
avoit de visiter le tombeau de notre S. Prophete, que partant comme un éclair ; elle le perdit de vûë,
& en moins de quatre minutes, il
se trouva dans la sainte Mosquée.
Il y fit ses prieres, il alla ensuite
sur la sainte Montagne faire le sa-
crifice du Mouton ; il passa delà à
la Meque, prit de bons certificats
de son voyage, & ayant souhaité
de revenir à Ormuz, il se retrou-

va avant le coucher du Soleil dans
fa maifon, où fa mere ne put douter qu'il n'eût pas fait ce voyage.

Aboutaher, Seigneur, voyagea
de cette forte pendant plufieurs
années, il revenoit toûjours coucher à Ormuz; mais enfin, fa mere étant morte, il ferma la porte
de fa maifon & n'y revenoit que
dans le tems des Meures, qu'il vendoit toûjours à fon ordinaire aux
Dames de la premiere condition.
Comme par une conduite extrêmement fage, & par fa frugalité,
il vécut près d'un fiecle, il n'eft pas
mal aifé de concevoir qu'il lui étoit
arrivé des avantures bien extraordinaires pendant un fi grand nombre d'années, & que perfonne
n'étoit mieux inftruit que lui de
toutes les avantures fingulieres de
fon tems; auffi prit-il un extrême
foin de les écrire; mais la négli-
gence de ceux entre les mains de

qui tomba ce manuſcrit, n'eſt pas
pardonnable, ils en firent ſi peu
de cas, qu'ils le vendirent à un E-
picier d'Ormuz qui en envelop-
poit toutes les marchandiſes qu'il
débitoit en détail. Je me repoſois,
il y a un an dans ſa Boutique, lorſque je trouvai un feüillet de ce tréfor ineſtimable dont je connoiſſois
de réputation l'Auteur ; je lui
achetai pour peu de choſe tout ce
qui lui en reſtoit ; mais, Seigneur,
ce Manuſcrit eſt ſi informe & ſi
rempli de lacunes, qu'hors l'Hiſtoire que je viens de vous raconter, & cinq ou ſix autres, où il y a
peu de feüillets à redire, tout le
reſte n'a aucune liaiſon.

Ah quel dommage ! mon cher
Ben-Eridoün, dit Schem-Eddin,
qu'un livre ſi rare ſoit perdu, ou
ſoit auſſi défectueux ; toutes les richeſſes de la terre ne pourroient
payer un ſemblable Manuſcrit,

& que j'ai eu de plaifir au récit de
la vie de ce fameux voyageur. Si
quelqu'une des Hiftoires de cet
ami de notre grand Prophete fe
trouve préfente à ta mamoire, ra-
conte-la-moi, je te prie, j'ai une
extrême impatience d'entendre
quelque récit de cet homme fi
rare dans fon tems. En voici une,
Seigneur, continua Ben-Eridoün;
mais comme le nom du Calife,
fous lequel elle eft arrivée, eft
effacé dans le manufcrit d'Aboutaher, je ne puis vous dire quel il
étoit, & cela n'eft pas fort effentiel
à cette Hiftoire.

HISTOIRE.

De Nerouz & de Munaz.

UN Calife de la Maison des Abassides * Prince très renommé pour sa justice, s'étant un jour égaré à la Chasse aux environs de Bagdad, erra toute la nuit dans une épaisse forêt ; il avoit été obligé à la pointe du jour d'attacher son cheval par la bride, & de se jetter sur une espece de gazon, pour y prendre quelque repos, lorsqu'il fut interrompu par les plaintes assez aigres d'une femme. Malheureuse Eye, s'écria-t-elle,

---

* On compte trente-sept Califes de cette Race, dont le premier s'appelloit Abboul-Abbas-Saffahi, & le dernier Moſtazem.

pourquoi es-tu cause de ma misere? ne pouvois-tu t'abstenir de désobéïr à ton Maître? & faut-il que je porte la peine de ton incontinence? A ces paroles si outrageantes pour notre premiere mere; un homme qui paroissoit le mari de cette femme y ajoûta celles ci, ce n'étoit pas assez, ingrate, de contrevenir aux ordres de ton Souverain: il falloit encore par tes séduisantes carresses que tu plongeasses l'homme dans une abîme de de malheur! Perfide Adam, pourquoi ton peu de résistance me coûte-t-il tant de peine & de travaux?

Le Calife aussi surpris qu'on puisse l'être, s'approcha de ces deux personnes que son abord imprevû effraya fort; Pourquoi blasphêmez-vous ainsi, leur dit ce Prince, & loin de loüer le Seigneur de l'état d'innocence où vous êtes, quelle raison vous obli-

ge à reprocher à vos premiers peres, une faute dont ils ont été pu-
nis si rigoureusément ? Que m'im-
porte, reprit brusquement la femme, qu'ils l'ayent expiés par une
longue penitence, que n'avoient-
ils assez de force d'esprit pour re-
sister à une si legere tentation ;
leur sensualité me coûte mon repos, & quelle faute ai-je commise
pour étre exposée tout le jour aux
injures du tems ? sans avoir égard
à aucune saison, il faut pour vivre très-médiocrement, que nous
gagnions notre vie à couper & à
porter du bois à la Ville ; s'ils n'a-
voient pas désobéis à Dieu, nous
n'aurions pas besoin de nous donner tant de peine. Ma femme a raison, reprit le mari, s'ils avoient
resisté à leur appetit sensuel, je
ne serois pas obligé de travailler
aujourd'hui comme un miserable ;
la terre nous fourniroit de tout

abondamment; les saisons dans
une temperature égale, nous fe-
roient supporter sans nous plaindre le chaud & le froid, enfin, je
ferois aussi content & aussi oisif
que le Calife de Bagdad.

LXI.

QUART D'HEURE.

LE souverain Commandeur
des Croyans, ne pouvant
s'empêcher d'admirer le ridicule
caprice de ces Bucherons, se fit
aussi-tôt connoître à eux ; je suis
ce même Calife dont vous enviez
le sort, leur dit-il , suivez-moi
jusques dans mon Palais, je veux
en un moment changer votre fortune, & la rendre si brillante que
tout l'Orient en sera étonné.

Nerouz & Munaz (c'est ainsi
que

que l'on nommoit le Bucheron &
fa femme) penferent mourir de
joye à une nouvelle fi peu attenduë, & fi éloignée de toute vrai-
femblance ; il jetterent leurs outils
loin d'eux, & fe profternant le vifage contre terre, ils embraffe-
rent, avec des larmes de tendreffe, les pieds de leur bienfaicteur
qui les releva auffitôt : ils prirent
la bride de fon cheval & le conduifant dans la route du Bois qui alloit à la Ville , ils marchoient fi
légerement qu'ils ne touchoient
prefque pas la terre. A peine furent-ils arrivez à Bagdad, que le
Calife ayant donné fes ordres, on
conduifit aux bains Nerouz &
Munaz, & on les mit en état de
paroître devant toute la Cour,
vêtus d'habits les plus fuperbes.
Le Bucheron étoit bel homme,
âgé au plus de trente-cinq ans ;
pour fa femme, quoiqu'elle eût

les traits affez réguliers, elle avoit
quelque chofe de rude dans la
phifionomie qui ne revenoit pas,
& ils étoient l'un & l'autre fi em-
barafsés de leurs figures, qu'ils ap-
prêtoient à rire à tous les Courti-
fans : enfin, Seigneur, le Calife
étant arrivé dans la Salle où fe
joüoit cette Comédie, chacun reprit fon férieux. Ce Prince après
avoir embraffé Nerouz, le déclara fon premier Vifir, voulut qu'il
eût fon Appartement dans fon Palais, & l'ayant fait paffer dans un
grand Cabinet où exaloient les
odeurs les plus exquifes, il lui ordonna de fe mettre à table avec
Munaz, & le fit fervir par fes propres Officiers. Le Bucheron & fa
femme ne pouvoient revenir de
leur furprife ; ils croyoient rêver ;
mais s'accoûtumant peu-à-peu
aux refpeċt & aux foûmiffions des
plus grands Seigneurs, ils s'ima-

ginerent que tous ces honneurs
leurs étoient dûs , & en devinrent
d'un orgüeil insupportable. Le
Calife prenoit un plaisir infini à
voir Nerouz & Munaz joüer si ri-
diculement leurs personnages ;
mais voulant les éprouver, il profita d'une legere indisposition de la
Bucheronne pour les faire manger à leur petit couvert : on les servit aussi somptueusement qu'à l'ordinaire , avec cette difference seulement que le plat du milieu étoit
couvert. Munaz voulut d'abord
y porter la main , mais l'Officier
du Calif la lui arrêtant , lui dit de
la part de son Maître , qu'il leur
étoit défendu sous peine de la vie
de toucher à ce plat ; & que ce
Monarque vouloit éprouver leur
obéïssance dans une chose de si petite conséquence. Cette défense
surprit Munaz , cependant elle fit
bonne contenance devant cet Offi-

cier, qui fe retira pour les laiffer
feuls & en liberté.

A peine cet homme fut-il hors
de leur préfence que la Bucheronne perdant entierement l'appetit,
fe mit à rêver profondément. Nerouz qui mangeoit fans diftrac-
tion, ne s'apperçut pas d'abord
de la triftefle de fa femme, mais
enfuite, voyant la figure qu'elle
faifoit : Eh quoi Munaz ! lui dit-
il, eft-ce l'ordre du Calif qui vous
rend fi rêveufe, & n'avez-vous pas
affez d'autres plats fur cette table
pour contenter votre goût , fans
vous attacher à vouloir goûter de
celui qui eft couvert ? Cela eft
vrai, dit Munaz, mais je ne puis
fouffrir l'injuftice du Calif : pourquoi nous gêner ainfi par pure
fantaifie ? il eft le maître , reprit le
nouveau Vifir ; ne nous comble-t-
il pas de fes faveurs , fans que nous
l'ayons mérité ? de miferables que

nous étions, ne nous éleve-t-il
pas, pour ainfi dire, fur le Trône
par fa feule bonté ?..J'en conviens,
interrompit Munaz, mais j'oublie
en ce moment toutes fes graces, il
nous les fait acheter trop cher,
c'eft un Tyran. Enfin, Seigneur,
Nerouz eut beau vouloir faire entendre raifon à fa femme, il la
trouva toûjours oppofée à fes confeils : il lui reprefenta vainement
les délices dans lefquels ils vi-
voient, & la jufte colere du Calife,
quand il apprendroit fa défobéïf-
fance, Munaz fut toûjours obfti-
née dans fa réfolution ; & comme
elle avoit beaucoup d'afcendant
fur fon mari, elle fit fi bien par fes
larmes & par fes careffes, qu'elle
le mit de fon parti.

LXII.

QUART-D'HEURE.

QUelque complaisance que Nerouz eût pour sa femme, la crainte du châtiment le rete-noit, il n'ofoit toucher au plat; mais Munaz prenant la parole, que crains-tu, lui dit-elle, en al-lant fermer la porte au veroüil, nous fommes feuls, perfonne ne nous peut voir; & je ne veux que contenter ma curiofité en décou-vrant ce mifterieux plat. Je ne puis plus réfifter à vos juftes plaintes, s'écria le nouveau Vifir : en effet le Calif n'a pas raifon de nous faire cette ridicule défenfe, alors l'un & l'autre mettant la main au cou-vercle du plat : ils ne l'eurent pas plûtôt levé, qu'une demi-douzai-ne de fouris, en fortant brufque-

ment , s'échaperent de cette prifon , & courant par la Chambre,
trouverent moyen de difparoître
à leurs yeux.

Quel fut l'étonnement du Bucheron & de fa femme ; ils tombe-
rent fur leur Sopha prefque fans
aucun fentiment, mais enfuite Nerouz revenant à lui , appliqua à
Munaz un fi furieux foufflet, qu'il
la mit toute en fang. Perfide ,
s'écria-t-il , voilà l'effet de ta curiofité , nous allons éprouver la
colere du Calife , & nous la meri-
tons bien.

A peine , Seigneur , continua
Ben-Eridoün , le Bucheron avoit
achevé ces mots, que les Portes
de la Salle furent enfoncées, &
que le Calife, qui d'une Tribune
couverte de gaze , avoit écouté
Nerouz & fa femme , entra avec
des yeux où l'on voyoit paroître
une extrême févérité. Malheu-

reux Bucheron , dit-il , à Nerouz,
& toi femme indifcrette , eft-ce
ainfi que vous refpectez mes ordres fouverains ? Etiez-vous déja
las de la vie délicieufe que vous
meniez dans mon Palais ? Quoi,
vous n'avez pas la force de réfifter à une foible tentation , & la
peine de la mort dont je vous ai
fait menacer , n'a pas été capable
de vous détourner de votre curiofité , après vous avoir l'un &
l'autre comblé de mes bienfaits ?
Je fuis donc un Tiran , infolens
que vous êtes ? vous avez été affez
téméraires pour blafphêmer contre vos premiers peres , & les
maudire à caufe de leur défobéiffance, & vous vous rendez encore plus criminels & plus ingrats,
vils infectes de la terre , vous n'ê-
tes nés que pour y ramper , je
vous avois trop élevé , mais votre
mort.... Ah ! Seigneur , s'écria
Nerouz

Nerouz en se jettant au pied du
Calife : à l'exemple de notre premiere Mere, ma femme m'a sé-
duit ; nous méritons les punitions
les plus séveres, mais sommes-
nous dignes de votre colere ? Oüi,
perfides, vous méritez la mort,
reprit le souverain Commandeur
des Croyans ; ce n'est point la
qualité du crime qui vous rend
coupables, c'est votre extrême ingratitude : de vils Bucherons que
je tire d'une affreuse misere, que
je place dans le plus haut degré
d'honneur, que j'accable de biens,
me désobéissent dans un commandement aussi leger, au péril de leur
vie. Que seroit-ce donc, s'il y alloit de la mienne, & que ma tête
dépendît d'un secret que je vous
eusse confié, je serois déja la victime de votre indiscretion : mais
je veux avoir encore pour vous
plus de bontés que vous n'avez

eu d'ingratitude : Allez , misérables , je vous donne la vie, fuyez
de ma préfence , rentrez dans le
néant dont je vous ai tiré ; que le
fouvenir d'un bonheur dont vous
avez joüi fi peu de tems par votre faute ; foit votre feule punition.

Alors, Seigneur, le fouverain
Commandeur des Croyans, ayant
fait dépoüiller Nerouz & Munaz
de leurs riches habillemens , il
leur fit rendre ceux avec lefquels
ils étoient arrivés à la Cour , &
les ayant fait reconduire dans le
Bois au même endroit où il les
avoit rencontré ; ils y trouverent
leurs outils avec lefquels ils re-
commencerent à travailler pour
gagner leur vie , & ne donne-
rent pas un coup de coignée que
leurs foupirs & leurs larmes ne
marquaffent le repentir amer
qu'ils avoient de leur défobéiffance,

Voilà, Seigneur, une des Hiftoires du Manufcrit d'Aboutaher;
heureux, fi elle peut avoir délaf-
fé quelque moment votre auguf-
te Majefté. Elle m'a fait un extrême plaifir, dit alors Schem-Eddin; foit qu'elle foit vraïe, foit
que ce ne foit qu'une allégorie,
elle y peint naïvement l'ingratitude de prefque tous les hommes.
Il y en a peu qui ne murmurent
contre la défobéiffance de notre
premier Pere, & tous auroient
fait comme lui; les plus grands
bienfaits font les plus grands ingrats. Ben-Bukar, le traître Ben-
Bukar, n'en eft-il pas un exemple remarquable? je lui donne ma
fœur en mariage, je lui confie
l'adminiftration de mon Royaume, pendant mon voyage de la
Meque : que pouvoit-il fouhaiter
de plus ? & le fcélérat, pour prix
de tant de bontés, poignarde ma

mere & son épouse, & me prive
de la lumiere du jour. Mais, mon
cher Ben-Eridoün ; je ne fais pas
attention que je viens encore de
te mortifier, en faisant une appli-
cation de l'ingratitude de Nerouz
à celle de Ben-Bukar : ingénieux
à me tourmenter moi-même, la
moindre circonstance me rappelle mes malheurs passés, mais ç'en
est fait, soûmis aux ordres sacrés
de la Providence, je ne veux plus
me livrer à ces affligeantes réflexions, ou du moins, elles ne feront plus d'impression sur mon
cœur. Pourfuis donc, mon cher
Visir, comme tu as commencé,
& si tu te ressouviens de quelqu'autre Histoire d'Aboutaher,
tu m'obligeras de me la raconter.
Je vais vous obéïr, Seigneur, reprit Ben-Eridoün, & je le ferai
avec d'autant plus de confiance,
que votre Majesté m'assûre qu'elle

sera déformais indifférente sur les réflexions qui pourroient augmenter sa douleur ; alors il parla ainsi au Roi d'Astracan.

HISTOIRE

De *Mahalem*, Roi de Borneo.

Mahalem, Roi de Borneo,* aimé & respecté de ses sujets & de ses voisins, vivoit dans un bonheur parfait avec la Princesse Aydin son épouse, lorsque par une fatalité du Sort à laquelle sont soûmis assez souvent les Princes qui regnent dans tout l'Orient, il se vit détrôné par un Chef de voleurs Arabes, nommé Cahamy, c'est-à-dire, fils de l'Enfer. Ce scélérat dont Mahalem avoit mis la tête à prix pour les brigandages qu'il exerçoit dans ses Etats, avoit profité d'une Fête que ce Monar-

* Cette Isle a quatre cens lieuës de tour, & la Capitale s'appelle aussi Borneo.

que donnoit à son peuple pour cé-
lébrer le jour de sa naissance. Il sa-
voit que dans les réjoüissances publiques, l'on quittoit les armes
pour se livrer au plaisir, & ne doutant pas qu'il ne lui fût facile de
s'emparer de Borneo, il avoit si
bien pris ses mesures que, quelques
efforts que pût faire Mahalem,
pour s'opposer à cette usurpation,
il se rendit le maître de cette Ville,
en moins de quatre heures. Le
Peuple & les soldats enivrés d'eau-
de-vie, étoient hors de défense,
& le Roi ayant vû périr à ses côtés les plus braves de ses Officiers,
& jugeant qu'il y auroit de la témérité à soûtenir seul un combat
tout à fait inégal, crut devoir se
conserver pour une épouse qu'il
aimoit avec la derniere tendresse,
& rentrant promptement dans
son Palais, il n'eut que le tems de
se saisir de quelques Pierreries, &

de fortir avec Aydin, par un foû-
terain qui rendoit dans la campagne, vers le rivage de la Mer, &
de fe jetter avec elle dans une legere barque dont il coupa les cor-
dages.

LXIII.

QUART-D'HEURE.

Endant que Cahamy rem-
pliffoit d'horreur, & de car-
nage la ville de Borneo, le trifte
& défolé Mahalem, aidé de la
Reine fon époufe, ramoit de toutes
fes forces pour s'éloigner d'un lieu
où il jugeoit bien que Cahamy venoit de jurer fa perte ; auffi ce
fcelerat comptant fa victoire im-
parfaite, puifque le Roi lui étoit
échappé, entra dans une telle fureur, qu'après avoir donné les or-

res neceſſaires pour le pourſui-
re, il fit maſſacrer en ſa préſence, non ſeulement tout ce qui ſe
trouva en état de porter les armes ; mais encore les enfans au-
deſſus de cinq ans.

Quelque diligence que fiſſent
les gens de Cahamy pour joindre
Mahalem, il leur fut impoſſible
de l'atteindre, ou pour mieux dire, la Providence qui en ordon-
noit autrement, leur fit prendre
des routes ſi oppoſées à celle de ce
Prince, qu'ils revinrent tous, ſans
en avoir pû découvrir aucune
nouvelle : ce Prince cependant
s'éloignoit avec ſa triſte épouſe,
d'un païs où l'on ne voyoit plus
regner que la fureur & la rage ;
les vents favorables ne les eurent
pas plûtôt mis hors des atteintes
de l'uſurpateur, que quittant leurs
rames pour un moment ; ils s'em-
braſſerent avec une extrême ten-

dreſſe. Aydin verſoit des larmes en
abondance : qu'allons-nous maintenant devenir, mon cher époux,
lui dit-elle ? triſtes joüets des flots,
pouvons-nous jamais eſperer de
vivre ſans aucune proviſion ſur un
élement auſſi inconſtant ; prépa-
rons-nous donc courageuſemem
à la mort ; quelqu'horreur que
l'on aye ordinairement pour elle,
je l'enviſage ſans effroi, puiſque
je ne puis perir qu'avec vous, &
que j'aurai du moins la foible con-
ſolation de ne vous point ſurvivre.

Mahalem penetré de ces tendres ſentimens, ne put refuſer des
larmes à l'état déplorable où il ſe
voyoit réduit ; mais honteux de
s'abandonner ainſi à lui-même :
adorable Aydia, dit-il à la Rei-
na, l'homme ne peut ſuſpendre
d'un ſeul moment, l'exécution des
decrets divins qui ordonnent &
diſpoſent de toute choſe. L'heure

du plus puiſſant des Rois , eſt marquée comme celle du plus vil eſclave , tous les illuſtres Monarques n'ont-ils pas échangé leurs
Trônes contre des cercüeils , leurs
plus ſuperbes Palais , ne ſont-
ils pas enſevelis maintenant ſous
leurs ruines. Si vous voulez ſçavoir
ce que ſont devenus ces magnifiques Edifices de Salomon , interro-
gez les vents , ils vous répondront
que tout ce que ce Grand Prince a
poſſedé s'eſt évanoüi , que toutes
nos richeſſes , nos Palais diſparoî-
tront un jour , & que ce jour fatal
nous avertit inceſſamment que la
cendre & la pouſſiere eſt notre ſeul
fond , & notre derniere demeure : nous avons été Maîtres d'un
aſſez grand Païs dont nous nous
voyons aujourd'hui privés , Dieu
veut nous éprouver , & peut-être
que demain par une heureuſe vi-
ciſſitude , nous ſerons plus puiſ-

fans que nous n'étions hier : réfi-
gnons-nous donc à fes fuprêmes
volontés, & prions le Grand Prophete qu'il nous préferve feulement de lui être jamais infideles.

A peine, Mahalem avoit ainfi
parlé qu'il s'éleva un vent fi violent, qu'obligés de quitter les rames, ils s'abandonnerent à la Providence, qui après les avoir fait
errer pendant près de deux jours,
les jetta à bord d'une Ifle, où la
Nature fembloit avoir épuifé toutes fes beautés.

La faim que fouffroient le Prince & fon époufe, ne leur permit
pas d'abord d'y faire attention:
après avoir fait un court remer-
ciment au Prophete, ils fauterent
fur le rivage qui étoit tout couvert
d'arbres dont les fruits étoient délicieux & rafraichiffans, & après
avoir réparé l'épuifement où ils
étoient, ils entrerent plus avant,

dans ce lieu, qui leur parut semblable à la description du jardin d'Edem. On ne voyoit aucune trace d'hommes dans cette Ifle charmante : les animaux farouches n'y habitoient point, tous ceux qui y faifoient leur réfidence étoient fans défenfe, & le Prince avec fon arc & fes flêches en abbattoit autant qu'il lui étoit neceffaire pour fe nourrir, & les faifoit enfuite cuire avec du feu qu'il tiroit des veines des cailloux. Une fontaine d'eau douce qui couloit au pied d'un Palmier, y détermina leur demeure, qu'ils entourerent d'une efpece de paliffade de branches coupées avec un Marteau d'armes qui avoit fervi au Prince dans le combat contre Cahamy. Quelque délicieux que fût ce féjour, Mahalem & la Reine commençoient à s'y ennuyer, leurs habits s'ufoient, & ils n'avoient

de reſſource à leur nudité , que
dans les peaux des chevres qu'ils
avoient. Pour ſurcroît d'affliction,
Aydin ſe trouva groſſe : quel ſujet de triſteſſe ! elle étoit encore en
cet état, lorſqu'un jour elle s'endormit ſur le bord de la mer entre les bras de ſon mari. Elle portoit ordinairement un Bracelet
orné de pierreries, entre leſquel-
les étoit un Rubi d'une groſſeur
extraordinaire & d'un prix ineſtimable ; elle l'avoit ôté de ſon bras,
& le tenoit dans ſa main , lorſque
le ſommeil s'empara de ſes ſens ,
& Mahalem le conſideroit avec
aſſez d'attention , quand un oiſeau
de proye qui le prit apparement
pour quelque morceau de chair
cruë, fondit deſſus & l'enleva dans
ſes ſerres. Le Roi ayant fait alors
un cri qui réveilla la Princeſſe ſon
épouſe, il ſe ſaiſit promptement de
ſon arc , ſuivit l'oiſeau , & l'ayant

joint dans un endroit de l'Ifle qu'il
n'avoit pas encore parcouru, il le
perça d'une de fes flêches & le vit
tomber prefque à fes pieds, dans
une efpece de Citerne féche, que
la Nature feule fembloit avoir for-
mée.

LXIV.

QUART-D'HEURE.

QUoique le Roi & la Reine
de Borneo dûffent être mé-
diocrement touchés de la perte de
ce Bijoux qui leur étoit peu néceff-
faire, en l'état où ils étoient ; ils
crurent devoir le retirer du lieu où
il étoit tombé : ils y defcendirent
l'un & l'autre avec affez de peine,
& après l'avoir ramaffé, ils furent
extrèmement furpris de voir au
fond de cette Citerne, une grand

de pierre carrée, à laquelle étoit
attaché un anneau d'or ; comme
cette pierre étoit fort mince, ils la
leverent aifément & trouverent
deſſous une eſcalier de marbre
blanc, qui les conduiſit dans un Salon très-ſimple, qui communiquoit à quatre grands Cabinets,
dans chacun deſquels il y avoit
dix vaſes d'or, de quatre pieds de
haut. Le Roi & la Reine étoient
dans un étonnement ſans égal ; ils
examinerent ces lieux charmants
avec un extrême attention, & ne
ſe laſſant pas de les parcourir, ils
paſſerent dans un Jardin dont le
parterre étoit émaillé des fleurs les
plus vives, & n'eurent pas fait cent
pas, qu'ils apperçurent un berceau
d'Orangers dont l'odeur les attira
de ce côté ; mais, Seigneur, quelle fut leur joye, quand ils y virent
un homme d'une figure majeſ-
tueuſe, qui dormoit paiſiblement
                                    ſur

fur un petit lit de gazon, à côté d'une fontaine, dont les eaux étoient extrêmement claires ; ils furent d'abord tentés d'interrompre fon repos, mais le refpect les empêchant, ils attendirent fon réveil avec impatience.

Il y avoit plus d'une heure que Mahalem & la Reine, étoient auprès de cet homme, lorfqu'il ouvrit les yeux. Il fut d'abord étonné, mais les regardant enfuite avec beaucoup de douceur : Qui que vous foyez, leur dit-il, vous ne pouvez affez loüer le fouverain Créateur des êtres vifibles & invifibles, d'avoir adreffé vos pas en ces lieux, inconnus au refte des hommes : c'eft en vain que le fameux Monarque d'Houlcarnein *

* Les Hiftoriens Orientaux difent qu'il y a eu deux Alexandres, tous deux furnommés d'Houlcarnein, c'eft-à-dire, aux deux cornes : ce furnom vient des deux cornes du monde, c'eft-à-dire, l'Orient & l'Occident, que ces deux Con-

chercha ce féjour enchanté, c'eſt
en vain qu'il employa preſque tout
le tems de ſa vie à parcourir le
monde pour trouver cette fontaine d'immortalité que vous voyez.
Dieu qui la cache à tous les mortels, ne voulut point la lui faire
voir, & vous accorde aujourd'hui
une grace dont peu de vos pareils
ſont dignes.

Le Roi de Borneo & ſon épouſe
ſurpris de ce diſcours qu'ils avoient
écouté avec une admiration reſ-
pectueuſe, alloient ſe proſterner
aux pieds de ce vénerable vieillard, le prenant pour le Prophete
Elie, lorſque s'appercevant de leur

querans ont ſubjugués , celui dont il eſt ici parlé,
eſt le plus ancien. Il chercha longtems inutilement cette Fontaine dans la Region tenebreuſe.
L'autre Alexandre eſt appellé Roumi, c'eſt-à-
dire, le Grec : au reſte cette Fontaine d'Elie ou
d'Immortalité eſt très fameuſe dans les Romans
de l'Orient, & c'eſt d'où les nôtres ont pris la
Fontaine de Jouvence dont l'eau produit les mêmes effets.

deſſein, il les empêcha de l'executer. Je ſuis un homme comme
vous, leur dit il, mes chers enfans,
& ſi ma naiſſance & ma vie ont
quelque choſe d'illuſtre, je ne dois
pas en tirer vanité ; la gloire en
appartient à Dieu ſeul, c'eſt lui
qui a favoriſé mes armes ; c'eſt lui
qui s'eſt ſervi de mon bras pour
exterminer l'impie d'Hokak. *
Permettez, Seigneur, que je vous
interompe pour un moment, dit
alors Mahalem, à ce vieillard :
comment eſt-il poſſible que vous
ayez executé de ſi grandes choſes.
Nos Auteurs prétendent que l'on
ne trouve que deux générations
entre Adam & d'Hokak, il y a un
nombre infini de ſiecles que ces
grands hommes ne ſont plus ; & ſi

* Ce Monarque étoit le cinquiéme de la premiere Dinaſtie des Rois de Perſe, preſque tous les
principaux faits de cette Hiſtoire, ſont rapportez
dans Khondemir un des premiers Auteurs d'entre
les Orientaux.

S ij

nous devons en juger par les apparences, vous êtes encore en vie.
Votre raisonnement seroit juste,
reprit ce majestueux vieillard, si
je n'avois commencé à vous parler
de cette Fontaine, dont les effets
sont aussi rares que surprenans,
puisqu'elle conserve ceux qui boi-
vent de son eau dans l'âge qu'ils
ont, lorsqu'ils arrivent en ces lieux
& qu'elle les exempte de toutes infirmités & de la mort même. Mais
avant de satisfaire votre curiosité,
permettez que je vous demande
par quelle avanture vous vous
trouvez en ces lieux.

Mahalem raconta ses malheurs
à peu près, Seigneur, comme je
viens de vous en faire le recit, &
ce vénerable vieillard lui parla ensuite en ces termes.

HISTOIRE.

De *Feridoün*, *fils de Giamschid.*

SI nos ennemis gravent fur le diamant, les injures qu'ils peuvent avoir reçû de nous, nous devons écrire fur la pouffiere de l'oubli, les outrages qu'ils nous ont faits, & laiffer à Dieu feul le foin de notre vengeance ; en fuivant cette maxime, vous ne devez point douter que vous, ou vos defcendans ne remontiez un jour fur un Trône qu'occupe fi injuftement le perfide Cahamy, & c'eft par cette réfignation parfaite aux fouverains décrets du Ciel que je fuis parvenu à joüir dans ces lieux paifibles, d'une tranquillité qui ne

214 Les mille & un quart-d'heure,

peut être troublée par les hommes.

L'on me nomme Feridoün, fils
du grand Giamschid , * l'un de
ces premiers Héros qui gouver-
nerent la Perse dans le tems que
ces Peuples étoient appellés Pischdadiens. Un jour que mon Pere
revenoit de la Chasse des environs d'Estekhar , * * il survint un
orage si terrible, que son cheval

---

* Ce nom signifie en langage Persan , le vase
du Soleil : ce Monarque étoit le quatriéme Roi de
la premiére Dinastie des Rois de Perse , appellés
Pischdadiens. Pischdad qui signifie en Persien,
bon Justicier , a été le surnom d'Houschenk ,
deuxiéme Roi de cette Dinastie , dont les Succes-
seurs de cette race se sont fait ainsi appeller : le
même Khoudemir dans l'Histoire de Giamschid,
fait mention de presque tous les faits rapportés
ici par Feridoün.

* * C'est la Ville de Persepolis , Ville capitale
de la Perse , sous les Rois des trois premieres ra-
ces : quelques Auteurs prétendent que ce fut
Giamschid qui en fut le premier Fondateur : mais
la tradition fabuleuse des Persans , marque que
cette Ville a été bâtie par les Peris , du tems que
le Monarque Gian-ben-gian gouvernoit le monde long-tems avant le siécle d'Adam.

ayant été effarouché d'un coup de tonnere, l'emporta malgré lui dans une Forêt très-épaisse, dans laquelle on racontoit qu'il arrivoit souvent des avantures fort extraordinaires : Ce cheval étoit parti avec tant de rapidité , qu'aucun des Officiers de Giamschid n'avoit pû le suivre. Quoique ce Monarque n'eût jamais connu la peur , il ne laissa pas d'être émû , lorsque la nuit approchant, il entendit les hurlemens affreux de mille bêtes feroces ; après avoir déliberé quelque tems sur le parti qu'il avoit à prendre, il attacha son cheval à un arbre, sur lequel étant monté, il se crut hors de danger : mais comme il craignoit que la fatigue de la Chasse ne le provoquât au sommeil , & qu'en cet état , il couroit risque de sa vie en tombant ; il se lia avec sa ceinture à

une des plus fortes branches de
l'arbre, & ne se crut pas plûtôt
en sûreté qu'il s'endormit profondément.

LXV.

QUART-D'HEURE.

A Peine y avoit-il une heure
que Giamschid reposoit,
qu'il fut reveillé par les tendres
accens d'une voix des plus sono-
res ; sa surprise fut encore plus
grande de voir tout au tour de
lui le Bois éclairé par plus de mille fioles de cristal, remplies de
vers luisans, suspenduës aux
branches des arbres, & d'appercevoir la plus belle femme qu'il
eût jamais vû. Il regardoit cela
comme un rêve agréable, lorsque cette charmante personne le
pria de descendre, & de ne rien
apprehender

appréhender. Ah ! Madame , s'é-
cria Giamſchid , ſi ma vie eſt en
ſûreté , mon cœur n'y eſt pas : Je
ſens naître en ce moment la paſſion la plus vive & la plus reſpec-
tueuſe ; & ſi un aveu auſſi ingénu
avoit le malheur de vous déplaire,
je ne ſçai ce que je ne ferois point
pour me punir de ma témérité.
La Dame ayant alors regardé
Giamſchid fort tendrement , le
raſſûra contre ſes vaines frayeurs;
elle lui apprit alors qu'elle étoit
une de ces créatures ſoûmiſes au
grand Monarque Giannian , que
l'on appelle Pérri , * & qui habitent le Ginniſtan , que ſes compa-
gnes , à cauſe de ſon extrême

* Les Pérri ſont dans les anciens Romans de
Perſe , ce que nous appellons dans les nôtres les
Fées , & habitent un Païs que les Orientaux
nomment Ginniſtan : *Perri* en Arabe ſignifie la
belle eſpéce de ces Créatures qui ne ſont , ni
hommes , ni anges , ni diables , & que nous re-
gardons comme des eſprits follets.

beauté, l'avoient nommé * Giemal, & que l'ayant vû plusieurs
fois à la Chasse, elle avoit senti
pour lui une telle inclination
qu'elle avoit fait naître la tempê-
te de la veille, pour écarter sa
suite, & pouvoir lui expliquer
toute sa tendresse.

Giamschid à une nouvelle si
peu attenduë, descendit promptement de dessus l'arbre pour se
prosterner aux pieds de l'incom-
parable Giemal ; il en fut reçu
avec toutes les caresses possibles,
& lui ayant juré une fidelité in-
violable, il reçut sa foi & devint
dans le moment même époux de
cette charmante Ginne. Loin, que
la possession diminuât sa tendresse
pour Giemal, il ressentit encore
pour elle de nouvelles ardeurs ;
& la conjurant, ou de le conduire
dans le lieu qu'elle habitoit pour

* La beauté.

y paſſer le reſte de ſes jours, ou
de venir prendre ſa place ſur le
Trône de Perſe : elle accepta ce
dernier parti, & ne voulant pas
être connuë pour ce qu'elle étoit ;
elle prit le nom de Feramaκ, ſous
lequel elle regna avec lui, pendant un très-grand nombre d'années. Il eſt inutile, pourſuivit Feridoün que je vous raconte les
grandes actions que fit mon pere
& les illuſtres monumens auſ-
quels il fit travailler ; toutes nos
Hiſtoires en parlent avec avantage. Secondé de la belle Feramaκ,
tout ce qu'il executoit, tenoit du
prodige, & ſi ſes ſujets & ſes voiſins ne pouvoient ſe laſſer de regarder avec admiration ſa valeur
& ſa prudence, ils avoient autant
de reſpect pour la ſageſſe & la
beauté de ſon épouſe.

Une ſeule choſe pouvoit balancer la proſperité de Giamſchid;

Feramak n'avoit encore pû le rendre pere, mais enfin, ce Monarque, après s'être rendu le maître de sept grandes Provinces de la haute Asie, & joüi paisiblement d'un des plus long regne, s'eni-vrant de tant de bonheurs, se persuada follement qu'il étoit immortel, & qu'il méritoit les honneurs divins ; & ce, avec d'autant plus de raison que, ce qui manquoit à sa felicité, arriva dans ce tems-là, qui étoit la grossesse de Feramak. Cette illustre Reine eut beau gémir de cet aveuglement, & s'opposer à ses extravagances ; elle lui representa vainement que Dieu tout puissant & seul adorable, se vengeroit bien-tôt de son orgüeil. Il fit faire des statuës qui le representoient parfaitement, & les ayant envoyé par tout son Empire, il força ses Sujets à les adorer.

Ce que Feramak lui avoit pré-

dit n'arriva que trop tôt. Dieu lui
fufcita bien-tôt un ennemi terrible ; ce fut d'Hohaĸ fils de fa propre Sœur, qui prenant pour prétexte l'impieté de ce Monarque,
fe mit à la tête d'une armée formi-
dable, le prit au dépourvû, & rem-
porta une victoire aifée fur un peuple auquel une longue paix avoit
fait oublier le mêtier de la guerre.

Ce fut alors que Giamfchid ouvrit les yeux avec douleur, il eut
recours à Feramaĸ, mais cette au-
gufte Reine qui lifoit dans l'avenir, & qui étoit forcée par un pouvoir fuperieur de l'abandonner au
bras vengeur de Dieu, lui déclara
qu'elle ne pouvoit plus lui être
d'aucun fecours ; que d'Hohaĸ
alloit fe rendre maître abfolu de
toute la Perfe, qu'il n'avoit plus
d'efperance de conferver fa vie
que par une fuite honteufe dans
laquelle il ne lui étoit pas même

permis d'être fa compagne : que fi
d'Hohaĸ le trouvoit un jour, il le
feroit périr dans les tourmens les
plus cruels, & que pour elle, elle
alloit fe retirer dans le Ginniſtan,
où elle attendroit avec foumiſſion
que la colere de Dieu fût paſſée,
& qu'il lui marquât le moment
auquel le précieux·gage de fon
amour, & quelle portoit dans fes
entrailles pût venger fa mort &
punir la tyrannie du cruel d'Hohaĸ.

Après un difcours fi humiliant
pour Giamfchid, elle l'embraſſa
pour la derniere fois, fondant en
larmes, & le conduifant elle-même hors d'Eſtaĸar, elle le quitta
à l'entréc du bois où elle l'avoit vû
la premiere fois, & fe retira dans
le Ginniſtan avec les autres Perri.

Avant de paſſer plus avant,
continua Feridoün, il faut, mes
chers enfans, que je vous inſtruife,

ſi vous l'ignorez, d'un uſage aſſez particulier parmi les Perri. Lorſque quelqu'une d'entre elles a eu commerce avec un mortel, & qu'elle ſe trouve enceinte, elle ne peut accoucher dans le Ginniſtan : il faut néceſſairement qu'elle ſe retire pour cet effet, dans le païs où elle a conçû : cela obligea ma mere, quand elle fut groſſe de ſon neuviéme mois, de venir faire ſes couches dans un village aux environs d'Eſtakar. Vous ſçavaz, ſans doute, l'extrême averſion que les Perri * ont pour les Dives ; un de ces mauvais Genies des plus laids & des plus malfaiſans, nommé Turaſch-Nereh ; avoit fait ſon poſſible pour ſe faire

* Suivant la Mitologie des Orientaux, les Perri ſurpaſſent en beauté toutes les autres créatures de leur eſpece, au contraire les Dives mâles ſont méchans & fort laids, & font continuellement la guerre aux Perri qui les éloignent d'eux par de parfums.

aimer de ma mere ; n'ayant pû en
venir à bout, il chercha tous les
moyens de s'en venger, & voulant profiter du tems de ses couches , pendant lequel elle étoit
soûmise à toutes les infirmités des
mortels , il s'approcha du lieu
où elle étoit sur le point de me
donner la vie, dans le dessein de
m'enlever. Ma mere qui n'ignoroit pas ses mauvaises intentions,
avoit pris soin de faire brûler dans
sa chambre les parfums les plus
précieux, sçachant que les Dives
qui les ont en horreur, se garde-
roient bien d'en approcher : cela
eut son effet , mais ce maudit Genie prit d'autres mesures pour me
perdre.

D'Hohak revenant fort alteré
de la chasse, passoit devant cette
maison où je venois de naître,
lorsque Turasch-Nereh, sans se
rendre visible , lui cria à l'oreille

que fon fucceffeur, & celui qui le
détrôneroit venoit de naître dans
cette Cabanne. L'Ufurpateur auffi
effrayé que furpris de ce prodige,
fit appeller la maîtreffe de cette
demeure champêtre ; il apprit
d'elle qu'une femme venoit dans
le moment même, de donner la
naiffance à un garçon, & montant
brufquement dans fa chambre, il
fe faifit de moi, me prit par une
jambe, tira fon fabre ; & m'alloit
facrifier à fa jaloufe rage, quand
un coup de Tonnere lui coupa le
poignet de la main gauche, & le
fit tomber comme mort.

LXVI.

QUART-D'HEURE.

D'Hohak ne mourut pas du coup de tonnere, trois ou quatre de ses Officiers empressés uniquement à le secourir, lui mirent promptement le bras dans un sac de son ; on le transporta en diligence dans Estakar , sans songer ni à ma mere ni à moi, & ce ne fut qu'après que cet impie fut revenu tout-à-fait à lui , que blasphemant contre le ciel, il ordonna que l'on courût en diligence se saisir de cette femme & de son enfant.

Pendant que l'on étanchoit le sang de son poignet, & que l'on y appliquoit les remedes convenables , on courut promptement au village où je venois de naître, mais ses ordres furent donnés trop tard.

Feramak, qui avoit penſé me voir
perir par la malignité de Turaſch-
Nereh, venoit de prendre ſes précautions pour empêcher que je ne
riſquaſſe davantage de perdre la
vie. Après m'avoir promptement
parfumé, elle me prit entre ſes
bras, & ſe tranſporta en un moment dans une caverne qui étoit
aux environs d'Eſtakar, où elle
attendit qu'elle fût en état de pu-
reté, pour pouvoir rentrer dans
le Ginniſtan.

En vain donc les émiſſaires de
d'Hohak arriverent au village où
j'étois né, ils apprirent avec ſurpriſe que nous en étions partis
d'une maniere fort extraordinaire.
Ne doutant pas que le Ciel, qui
m'avoit preſervé de la fureur de
l'Uſurpateur, ne s'intereſſât pour
moi, ils coururent lui raconter ce
qu'ils venoient d'apprendre, &
augmenterent par là ſon déſeſpoir

& fa fureur. Après avoir vainement vomi mille blafphemes affreux , il tourna toute fa rage contre Giamſchid. Quelqu'affermi
que ce ſcelerât parût être ſur le
Trône ; comme il ſçavoit que cet
illuſtre Monarque étoit toûjours
tendrement aimé de ſes ſujets, il
ne joüiſſoit d'aucun repos , & craignoit toûjours que par quelque
évenement imprevû, il ne le chaſſât
à ſon tour d'un Trône qui lui appartenoit legitimement. Voilà,
mes enfans, continua Feridoün ,
en quel état étoit ce cruel uſurpateur. Les méchans & les impies
font toûjours tourmentés par la
ſindereſe; leurs plaiſirs , s'ils en
peuvent goûter, ſont mêlés d'a-
mertume , & le ver qui les ronge
ſans relâche , leur met toûjours
devant les yeux leurs crimes & la
punition qui leur eſt dûë ; tout
leur eſt ſuſpect , un rien les épou-

vante, & ils ne goûtent jamais cette douce tranquillité qui est le partage des gens de bien.

Mais revenons à Giamschid, après sa séparation d'avec Feramak, penetré de la plus vive douleur, cet infortuné Prince ne se vit pas plûtôt seul, & sans aucun secours, qu'il reconnut son néant ; il se prosterna le ventre contre terre, s'humilia devant Dieu, & fuyant la colere de d'Hohak, il parcourut presque toute la terre pendant près de vingt ans, exposé le plus souvent à une misere affreuse. C'est ce que j'ai appris de ma mere, qui, si-tôt qu'elle avoit été purifiée, s'étoit retirée dans le Ginnistan avec moi : elle me parloit souvent du malheureux Giamschid, & me recommandoit sans cesse de fuïr un orgüeil qui avoit merité devant Dieu une punition si terrible, qu'il ne lui étoit

pas seulement permis d'adoucir
les peines les plus legeres de son
époux.

Un jour qu'elle m'entretenoit
des bonnes qualités de ce Monarque ; je la vis tout d'un coup changer de couleur, rester interdite, &
ensuite verser abondamment des
larmes. Ah scelerat, s'écria-t-elle ; oses-tu bien tremper tes mains
criminelles dans le sang de ton
Oncle & de ton Roi, arrête barbare, arrête... Mais c'en est fait,
mon cher Feridoün, continua-
t-elle ? (c'est le nom qu'elle m'a-
voit donné.) C'en est fait, Giamschid ne vit plus, il vient de subir
les ordres sacrés de la Providence.
Mais, perfide, tu ne joüiras pas
long-tems de ton crime ; la me-
sure est comblée, & tu vas bien-
tôt recevoir la punition de toutes
tes impietés.

Ce discours, mes chers enfans,

me furprit extrêmement ; j'en demandai l'explication à Feramax ;
elle m'apprit que l'ufurpateur
ayant inutilement tenté toutes fortes d'artifices pour fe rendre maître de Giamfchid , avoit eu recours aux plus noires pratiques ,
& cherché à avoir commerce
avec les intelligences,qui par leur
orgüeil avoient merité d'être fou-
droyées de Dieu : que l'un de ces
Génies mal-faifans qui lui avoit
promis de lui livrer Giamfchid,
venoit d'exécuter fes promeffes :
que d'Hohax , pour s'affûrer le
Trône , l'avoit fait couper en morceaux avec une cruauté inoüie ,
& qu'après les avoir jetté au feu ,
il avoit fait répandre fes cendres
au gré du vent ; mais que ce tyran
ne porteroit pas loin la punition
de fes crimes. En effet le mauvais
Génie qui avoit fervi fa barbarie ,
ne la vit pas plûtôt fatisfaite, qu'il

se présenta devant lui pour en avoir la récompense ; il ne lui demanda pour prix d'un si grand service, que la grace de lui baiser à nud les deux épaules, ce que l'usurpateur lui ayant accordé : sitôt qu'il l'eut touché de sa bouche envenimée, deux Serpens s'y attacherent, & se nourrirent de sa propre chair.

D'Hohak en ce moment ressentit une si cruelle douleur qu'il la fit connoître par des cris affreux ; mais le même Génie lui ayant enseigné un remede exécrable pour adoucir ses maux, qui étoit d'y appliquer tous les jours la cervelle de deux hommes qu'il falloit faire mourir. D'Hohak fit faire sur le champ, avec succès, cette cruelle experience, sur deux criminels que l'on tira des prisons publiques. Le tyran qui étoit déja regardé de ses nouveaux sujets, comme un

monstre

monſtre abominable , devint encore plus l'horreur de toute la Perſe par ſes nouvelles cruautés.
Quand l'on eut vuidé les priſons
de criminels , ſes infâmes Miniſ-
tres ſe jetterent ſur les innocens ;
on les enlevoit de tous côtés , & on
les enfermoit dans une Tour du
Palais qui étoit deſtinée à cette
indigne boucherie.

Les ruës d'Eſtakar étoient de-
venuës déſertes , chacun craignoit
d'être du nombre de ces miſérables
victimes , deſtinées à prolonger la
vie du plus ſcelerat de tous les
hommes. Mais malgré les précautions que l'on prenoit pour éviter
ce malheur , il arriva que les enfans d'un Forgeron nommé Gao *

* Cet illuſtre Forgeron mérita par ſes grandes
actions de valeur & de généroſité que l'Empire de
Perſe paſſa dans ſa Famille : car Cobad pere de
Khoſroës ſurnommé Nouſchirvan , Roi de la
quatriéme race Dinaſtie, deſcendoit de lui en ligne
directe.

furent enlevés; le pere outré de
cette violence , cria d'abord au
secours; ensuite transporté de fureur, il courut par tout Estakar,
& portant son tablier de cuir attaché au bout d'une perche en forme d'étendart , il assembla en peu
d'heures , tous ceux que la cruauté du Tyran avoit irrité contre
lui, & forma bientôt une armée
de gens également animés à la
vengeance , avec laquelle il força
le Palais , & tira ses enfans de la
Tour où ils étoient enfermés.

Cet illustre Forgeron qui étoit
d'abord le Général de ces Troupes , ne voulut point en prendre
le souverain commandement ,
quoiqu'il lui fût offert; sa modes-
tie le portoit à chercher dans le
sang Royal , un Prince digne de
porter la Couronne de Perse , &
d'en remplir le Trône que d'Hohak sembloit avoir abdiqué par

fa fuite. Il étoit embarraffé de
trouver ce Prince : lorfque Fera-
maк qui favoit le moment que
je devois paroître, me tranfporta
en un inftant à la tête de l'armée
de Gao, & s'étant fait connoître pour l'époufe de l'infortuné
Giamfchid, elle déclara que j'é-
tois fils de cet illuftre Monarque,
que vingt ans d'abfence n'avoit
point effacé du cœur de fes Sujets.
Je lui reffemblois fi parfaitement
que l'on ne put douter des paroles
de Feramak ; ils pouflerent alors
mille cris de joye, & m'ayant remis le Commandement, & fait
publier dans Eftaкar qu'ils a-
voient à leur tête le legitime Suc-
cefleur de Giamfchid, j'eus en
moins de douze heures plus de
quatre-vingt mille hommes qui
fe joignirent à moi. Je profitai de
cette conjonéture, & après m'être
fait reconnoître pour Souverain
V ij

de la Perſe , je pourſuivis vivement l'uſurpateur , & l'ayant enfin ſurpris , je le fis enfermer , par
le conſeil de Feramak , dans une
de ces grottes effroyables de la
Montagne de Damavend , * dont
ayant fait boucher l'entrée par de
fortes barres de fer , je reſtai en
ces lieux avec une partie de mon
Armée , juſqu'à ce que l'impie
d'Hohak , dévoré par les Serpens
qu'il avoit attachés aux épaules ,
eût fini ſa vie par des douleurs
inexprimables , & qui prenoient
leurs ſources dans lui-même.

Quand je fus défait de l'uſurpateur , je ne ſongeai qu'à établir
une ſolide paix par toute la Perſe ; cela n'étoit pas facile , pluſieurs grands Seigneurs n'ayant
pas voulu reconnoître d'Hohak

---

* Damavend , Ville autrefois compriſe dans
l'Adherbigian , & qui eſt aujourd'hui de l'Iraque
Perſienne.

pour leur Souverain ; s'étoient ac-
coûtumés à vivre dans l'indépen-
dance, & s'étant érigés en Souve-
rains, s'imaginerent qu'il étoit de
leur honneur de ne se point soû-
mettre à ma domination, & me
crurent trop foible pour les forcer à rentrer dans leur devoir.
Après avoir fait publier une am-
niftie pour tous ceux qui reconnoîtroient leurs fautes, qui furent en petit nombre, je fus obligé d'avoir recours aux armes pour
contraindre les rebelles : je donnai le commandement de mes
Troupes au brave Gao, & ayant
fait broder son Tablier * de Perles & des plus riches Pierreries,

---

* Ce Tablier fut appellé Dirfefc - Gaviani,
c'eft-à-dire, l'Etendart de Gao. Les Rois de
Perfe l'enrichirent tous à l'envie l'un de l'autre,
& il fut toûjours le fignal d'une Victoire certaine
jufqu'au tems d'Homar', fecond Calife des Mufulmans, fous lequel il fut pris & l'armée des Perfans entierement défaite.

je voulus que dorénavant il servît
d'Etendart aux Rois de Perse.
Gao , sous ce Drapeau qui fut
presque toûjours le signal de la
Victoire , réduisit bien-tôt tous les
revoltés sous mon obéissance. Je
leur pardonnai, & ayant fait ser-
rer cet Etendart dans mon Trésor , je commençai à joüir d'une
paix tranquille.

Ma mere qui s'étoit retirée
dans le Ginnistan , me venoit voir
de tems en tems. Pendant un de
ces intervales, un soir que je me
promenois *incognitò* avec le seul
Gao, dans Estakar, & que je passois dans une ruë fort étroite ,
qui répondoit vers les murs de la
Ville , j'entendis une femme qui
faisoit des cris extraordinaires.

LXVII.

QUART-D'HEURE.

JE connus que ces cris partoient d'une petite maison fort simple, dont à l'inſtant, ayant enfoncé la porte, & y étant entré le ſabre à la main, je vis une des plus belles perſonnes du monde occupée à ſe défendre des inſultes d'un jeune Perſan ; l'étonnement où ſe trouva cet homme à notre vûë, donna le tems à cette fille de lui arracher un poignard qu'il tenoit à la main, & ſe lui plongeant dans le cœur : voilà, dit-elle, traître, la récompenſe dûë à ton inſolence.

Loin de blâmer une action auſſi héroïque, après lui en avoir donné mille loüanges, j'appris d'elle qu'elle ſ'appelloit Bal-Al-

Mandeb , * que son pere ayant
péri dans les Guerres que Gao
venoit de terminer, elle s'étoit
retirée seule avec une vieille Esclave dans cette maison, où elle
avoit vécu jusqu'alors de la vente
de quelques Pierreries , & que cet
insolent, qui étoit un homme du
commun, & qui l'avoit vûë plusieurs fois, étant devenu amoureux d'elle, après avoir tenté plusieurs moyens pour s'en faire aimer, avoit crû devoir recourir à
la force pour contenter sa bruta-
lité ; qu'après avoir poignardé
son esclave, elle alloit éprouver,
sans doute, le même sort, si notre présence n'avoit contribué à
lui donner assez de vigueur pour
se défaire elle-même de ce scélérat.

Je vous avoüe, mes chers enfans, que je fus tellement émû,

* En Persan , la Porte des pleurs.

&

& de la vûë & du recit de cette
belle perfonne , que je n'héfitai
pas un moment à lui donner mon
cœur ; je lui fis connoître fur le
champ, toute la paffion que je ref-
fentois pour elle ; mais fe retirant
en arriere , & me regardant avec
fierté : Qui que tu fois, me dit-elle,
crains tout de mon défefpoir , fi
tu es affez hardi pour attenter à
mon honneur , ce même poignard.... Ah ! divine Bab-Al-
Mandeb , m'écriai-je , que vous
me connoiffez mal , fi vous me
croyez capable d'une action auffi
lâche. Non , non , pour vous
prouver la fincérité de mon cœur,
voilà ma main , daignez l'accepter , je vous en conjure , elle n'eft
pas indigne de vous. Je n'en fçai
rien , me répondit-elle ; les apparences font fouvent trompeufes.
Il eft vrai, repliquai-je alors, puif-
ue fous des habits très-fimples,

vous voyez à vos pieds le Monarque de toute la Perse. Quoi ! vous
seriez Feridoün, me dit alors cette adorable personne , avec une
surprise extrême ? N'en doutez
point, lui répondis-je , & tirant
de mon doigt une Bague d'un prix
extraordinaire : acceptez cet anneau pour gage de ma fidelité , &
venez partager avec moi un Trône qui vous attend , & dont vous
êtes si digne.

Cette aimable fille fut si émûe
en apprenant quel étoit mon rang,
qu'elle en tomba dans un évanoüissement dont j'eus lieu d'appréhender les suites : malgré le
secours que nous lui pûmes donner , elle fut plus d'une heure sans
mouvement , & voyant qu'elle
étoit toûjours au même état, j'ordonnai à Gao de la prendre entre ses bras , & de la porter dans
mon Palais, où à force de reme-

des , mon premier Médecin la fit
enfin revenir à elle.

J'étois auprès de cette adorable perſonne , quand elle ouvrit
les yeux ; j'y lûs une inquiétude
mortelle , & lui baiſant la main
avec reſpect : raſſûrez-vous, Madame , lui dis-je , vous êtes dans
un lieu où vous ſerez la Maîtreſſe
abſoluë , puiſque je n'attends que
votre aveu pour faire publier par
toute la Perſe , que l'heureux Feridoün vient de lui donner une
Reine. Ah ! Seigneur, s'écria Bab-
Al-Mandeb , vous ne me connoiſ-
ſez pas aſſez ; vous vous repen-
tiriez bien-tôt d'un choix ſi précipité ; rendez-moi à moi-même ,
je vous en conjure , & n'augmen-
tez point ma douleur, en me for-
çant à me donner à vous. Quoique mon cœur ſoit libre , que ma
naiſſance ſoit diſtinguée , vous me
repudirez avant qu'il ſoit peu ;

épargnez-moi cet affront, & laiſ-
ſez-moi retourner au lieu où vous
m'avez ſauvé l'honneur.

Je regardai les diſcours de Bab-
Al-Mandeb comme un effet de
ſa modération ; j'employai toute
mon éloquence pour l'engager à
conſentir à mes déſirs : elle s'y rendit à la fin, après s'être aſſûrée par
des ſermens affreux que je ne la
repudierois jamais, pour quelque
raiſon que ce pût être. Je l'épou-
ſai donc à la pointe du jour avec
fort peu de cérémonie, ainſi
qu'elle le ſouhaitoit, & je ne laiſ-
ſai pas de faire publier par toute
la Perſe que je venois d'épouſer
une perſonne d'une beauté achevée & d'un mérite infini. En effet,
mes chers enfans, jamais je n'ai
goûté tant de douceur que dans
cet heureux tems, & ſi quelque
choſe pouvoit la diminuer, c'étoit
l'extrême mélancolie dans laquel-

le Bab-Al-Mandeb étoit plongée
continuellement , & que je tâ-
chois vainement de diffiper par
les carefles les plus tendres.

Comme mon amour ne m'avoit
pas permis de confulter ma mere
fur mon choix , & que j'avois été
tellement occupé de mon époufe
pendant les premiers mois de mon
mariage , que je n'avois nullement
penfé à Feramak : Je commençai à
rougir d'avoir manqué à un devoir auffi effentiel ; fuivant l'ufage du Ginniftan , je fis brûler des
parfums exquis avec les cérémonies néceflaires pour la faire venir , elle parut dans un inftant ; &
après lui avoir demandé pardon
de la précipitation avec laquelle
j'avois conclu mon mariage , je
lui préfentai mon époufe : mais
qu'elle fut ma furprife , lorfqu'en
la voyant , elle fit un cri affreux,
& fe laifla tomber fur un Sopha.

Ah ! mon fils , s'écria-t-elle un moment après. Quelle épouse vous êtes-vous choifie ? n'avez-vous point fenti une horreur fe-crette en vous uniffant à la fille de l'impie d'Hohaκ.

LXVIII.

QUART-D'HEURE.

VOus pouvez juger , mes chers enfans , de ce que je devins à une nouvelle fi peu attenduë , Bab-Al-Mandeb , en baif-fant la vûë , ne confirma que trop ce qu'avoit dit ma mere ; mais lui adreffant la parole , il eft vrai, Madame , que je dois le jour à d'Hohaκ , mais je n'ai jamais eu de part à fes crimes , & j'ai toûjours gémi de fes cruautés : j'ai fenti mieux que perfonne, le peu

de convenance qu'il y avoit que
j'époufaffe Feridoüin : j'ai fait mon
poffible pour le diffuader de ce
Mariage , & je ne me fuis renduë
à fes volontés , que fous des
conditions qui m'affûrent fon
cœur & fa main , tant que je vi-
vrai ; c'eft à lui préfentement à
vous témoigner , s'il a lieu de fe
plaindre de ma conduite. Non ,
Madame , m'écriai-je , au contraire la belle Bab - Al-Mandeb fait
tout mon bonheur & ma joye , &je
fens que je mourrois de douleur ,
s'il falloit renoncer à la poffeffion
d'une époufe fi tendrement che-
rie , & qui répond à mon amour
avec tant d'attention. Feramak
s'attendrit en voyant couler nos
larmes : ah ! mes enfans, nous dit-
elle , foyez heureux s'il fe peut ,
& que le Ciel puiffe détourner de
deffus vos cheres têtes , tous les
malheurs que je prévois qui vous

X iiij

arriveront un jour., fi vous ne faites ce que je vais vous dire : Vous
êtes groffe, Madame, continua-
t-elle, en parlant à la Reine, &
vous accoucherez de deux enfans,
qui heritant des traits du vifage
& des mouvemens , de l'ame de
d'Hohax leur Ayeul, vous cau-
feront de mortelles douleurs, &
mettront toute la Perfe en com-
buftion ; le feul moyen de détourner de fi grands malheurs , c'eft
de les faire étouffer en naiffant. Je
fçai combien ce confeil eft dur à
exécuter ; les entrailles d'une tendre mere n'y peuvent confentir ; mais il faut faire perir les
monftres dès leur naiffance , fi
l'on veut éviter leurs cruautés :
ce n'eft point la fatalité des étoi-
les qui les domine, ni leur igno-
rance qui leur fera commettre
tant de crimes, leur propre volonté & leur mauvais cœur les y

déterminera, & ils ne tiendront ni
de vous, Madame, ni de mon cher
Feridoün. J'attefte le grand Dieu
vivant, dont le feul nom fait
trembler les intelligences rebelles jufqu'au plus profond des abîmes qui leur fervent de prifon,
que je vous annonce la verité, &
qu'aucun motif de paffion ne me
fait vous parler ainfi ; confultez-
vous bien, mes chers enfans, &
comptez que de leur prompte
mort dépend votre repos & celui
de vos Peuples.

A peine Feramak eut-elle fini
fon difcours, qu'elle difparut à
nos yeux, & nous laiffa mon époufe & moi accablés de la plus mortelle douleur. Bab - Al - Mandeb
reconnut bien-tôt qu'elle portoit
dans fes entrailles des marques de
ma tendreffe ; mais plus le terme
approchoit de s'en délivrer, plus
notre affecton augmenta. Enfin,

ce fatal moment étant arrivé, elle donna le jour à deux Princes d'une beauté si parfaite, que je n'eus jamais la force d'ordonner qu'on les privât de la vie ; je ne jugeai pas même à propos d'appeller ma mere en ce moment, de crainte qu'elle ne m'enlevât mes enfans ; je reſſentois trop de tendreſſe pour eux , pour conſentir à ce qu'elle demandoit de moi ; mais m'étant venuë voir d'elle-même quelques jours après leur naiſſance, & voyant que je n'avois pas ſuivi ſes conſeils : ah ! mon fils , me dit-elle , l'amour paternel vous aveugle aujourd'hui , mais dans quel cuiſant repentir vous trouverez-vous dans quelques années, pour ne m'avoir pas cru ; vous nourriſſez deux viperes qui vous rongeront le ſein , & le malheur eſt qu'il n'y a point d'autre remede que celui de vous en défaire , pen-

dant qu'ils font encore hors d'état
de vous faire du mal. Ce font d'ai-
mables enfans , j'en conviens ;
mais vous connoîtrez un jour
pour votre malheur , qu'ils ont
l'ame auffi noire , que leur vifage
eft blanc & vermeil.

Toutes ces remontrances ne
me toucherent pas ; je fis connoître à ma mere que je ne pouvois
me réfoudre à fuivre fon confeil ;
elle redoubla fes prieres pour
m'engager à travailler à ma tranquillité , & à celle de mes fujets ,
en me privant de mes fils , &
voyant qu'elle n'en pouvoit venir
à bout , elle me quitta affez brufquement, en m'affurant de nouveau , que je me repentirois trop
tard , de n'avoir pas ajoûté foi à
fes fages confeils.

Mes enfans, qui furent appel-
lez Tour & Salm , démentoient
par leur conduite tout ce que Fe-

ramaⱪ m'avoit prédit d'eux, on
appercevoit dans leurs manieres
beaucoup de douceur & de foumiſſion ; & ſi quelque choſe pouvoit me chagriner en eux, c'étoit
l'extrême averſion qu'ils mar-
quoient avoir pour un fils que j'a-
vois eu de Bab-Al-Mandeb l'année
d'après leur naiſſance, & qui ſe
nommoit Irage. Quelqu'attention
que ce dernier eût pour plaire à
ſes aînés, il en étoit toûjours traité avec beaucoup de rudeſſe, &
quoique j'euſſe plus d'une fois in-
terpoſé mon autorité pour apporter la paix entr'eux, & que Bab-
Al-Mandeb par ſes careſſes eût fait
ſes efforts pour les faire vivre avec
union : nous ne pouvions voir
ſans douleur le peu de complai-
ſance que Tour & Salm avoient
pour nous ſur cet article.

Pour prévenir tous les differends
que nous prévoyions pouvoir arri-

ver entr'eux , je résolus de partager de mon vivant , mes Etats avec
eux.

Je donnai à Salm le païs nommé
Magreb , c'eſt-à-dire , toutes les
Provinces de l'Occident dont j'é-
tois le maître. A Tour ce que l'on
nomme aujourd'hui la Turquie
Orientale , qui comprend le païs
des Turcs , Tartares & Mogols ,
& toute la vaſte étenduë du païs
de Cathai & de la Chine.

Et à Irage la Perſe , les deux
Iraques , la Sirie , l'Arabie & le
Khoraſſan , aux conditions néan-
moins qu'ils me reconnoîtroient
toûjours pour leur Souverain.

Quelqu'égalité que j'euſſe tâché
de conſerver dans ce partage ;
Tour & Salm n'en furent pas côn-
tens, & en marquerent leur impatience avec ſi peu de reſpect que
j'en fus outré ; je crus devoir garder avec eux ma qualité de Pere

& de Roi, & leur témoignai mes
volontés avec tant de hauteur,
qu'ils furent obligés de me demander pardon, & d'aller prendre
chacun poffeffion de leurs Etats.

LXIX.

QUART-D'HEURE.

IRage, qui loin d'être du caractere de fes freres, avoit toûjours fouffert leurs emportemens
fans fe plaindre, refta auprès de
moi, fans vouloir accepter le Trône de Perfe que je me difpofois à lui
remettre ; il avoit époufé une des
plus belles perfonnes de la terre,
nommée Afridmah, dont il avoit
un feul fils ; ce jeune enfant que
l'on appelloit Manugeher, faifoit
fon unique foin : détaché de toute
ambition, il ne s'occupoit qu'à le

faire élever avec toutes les atten-
tions que l'on donne ordinairement à l'éducation des Princes, &
joüissoit d'une tranquillité préfe-
rable à tous ces mouvemens tu-
multueux, dans lesquels se plaisent
les ambitieux.

Enfin, mes chers enfans, il y
avoit près de dix ans que je n'avois
vû Tour & Salm, lorsque j'appris
avec une surprise extrême, qu'ils
marchoient vers l'Adherbigian
avec chacun une Armée de plus
de deux cens mille hommes, dans
le dessein de me forcer à faire un
nouveau partage, & qu'ils mettoient tout à feu & à sang.

Ce fut en ce moment que la prédiction de Feramax n'eut plus besoin d'explication ; j'eus regret de
n'avoir pas suivi son conseil ; mais
comme il n'y avoit pas de tems à
perdre, je dépêchai promptement
des ordres par toute la Perse de le-

ver des Troupes suffisantes pour
m'opposer à leurs indignes des-
seins. Je voulus pour gagner du
tems, les amuser par de belles paroles ; je leur envoyai plusieurs
grands Seigneurs du Royaume,
envers lesquels, ils se montrerent
si déraisonnables , qu'Irage me
proposa d'aller regler lui-même
avec eux, les conditions d'une tré-
ve ou d'une paix qui nous pût mettre en état de leur faire bientôt la
loi. Je fis mon possible pour l'empêcher de faire ce voyage ; le cœur
me disoit que je ne reverrois plus
ce chers fils ; il m'en pressa si for-
tement, que je ne pus m'opposer
à sa résolution : il partit donc dans
l'esperance d'appaiser ses Freres,
& de les ramener à leur devoir.
Mais ces enfans dénaturés ne le
virent pas plûtôt entre leurs
mains , qu'au lieu d'écouter ses
propositions , ils le massacrerent
                    impitoyablement,

impitoyablement, & par un excès d'impieté & de barbarie, ils m'envoyerent sa tête encore toute sanglante, en m'annonçant que le même sort m'étoit destiné.

Ah! mes chers enfans, que devins-je à une pareille vûë? le souvenir seul de cette cruauté me saisit encore d'horreur. Je ne pus appercevoir ces restes de mon cher Irage sans verser des larmes de sang; j'entrai dans des mouvemens de fureur si violens, que je ne me connoissois plus, & ce qui combla mon désespoir, Bab-Al-Mandeb, cette chere & vertueuse épouse, qui faisoit toute ma consolation, fut si touchée d'un crime aussi odieux, que n'y pouvant survivre, elle tomba dans des convulsions, qui malgré tous les soins & les remedes que l'on y put apporter, la suffoquerent en moins d'une heure.

Tome II.   Y

Manugeher, fils d'Irage avoit à
peine atteint sa quinziéme année,
lorsque cette funeste catastrophe
arriva. Il devint furieux comme
un Lion à la vûë de la tête de son
Pere, & ne voulant point d'autre
étendart que cette même tête,
pour animer mes Soldats à la vengeance, il rassembla toutes mes
Troupes en fort peu de tems, alla
au-devant de ses cruels Oncles,
leur livra la bataille malgré l'iné-
galité du nombre, & s'y comporta
avec tant de valeur, qu'entraînant
la victoire par tout où il paroissoit,
il défit leur armée à plate coûture,
& ayant fait prisonniers Tour &
Salm, après leur avoir fait couper
le nez & les oreilles, il les fit enfermer dans des sacs de chaux vive, où étant expirés dans les plus
cruels tourmens, il fit attacher
leur squelets à deux potences qu'il
fit dresser vis-à-vis d'un Tombeau

magnifique, où il fit mettre la tête
de son pere.

Après avoir tiré une vengeance
aussi complette de la mort d'Irage,
Manugeher revint victorieux &
triomphant auprès de moi. Dans
quelqu'accablement que je fusse
de tant de malheurs, je le reçûs
avec mille caresses, & le déclarant
mon successeur, je lui mis moi-
même la Couronne sur la tête,
& le fis reconnoître pour souverain Monarque de tous mes Etats,
quelque repugnance qu'il eut à les
accepter de mon vivant. Ensuite
ayant engagé par les parfums or-
dinaires Feramak à venir me voir,
je la priai instament de me choisir
un lieu de retraite, où je pusse fi-
nir en repos une vie dont le poids
commençoit à m'accabler. Elle
prit toute la part possible à mes
douleurs, & sans me faire aucun
reproche qui n'auroit fait que les

augmenter, elle confentit à ce que
je demandois d'elle ; & après avoir
verfé abondament des larmes fur
nos malheurs communs , elle
adreffa ainfi la parole à Manugeher.

L'étenduë du Ciel , qui par fon
mouvement continuel mefure le
tems de notre vie, eft comme un
grand Livre où toutes les actions
des hommes font écrites : heureux
celui qui n'y couche que celles qui
font dignes de loüange , & d'être
tranfmifes à la pofterité : faites
donc en forte, jeune Heros , de
regler les vôtres par une profonde
fageffe, que l'ambition , ni les autres paffions humaines , ne puiffent
point alterer, c'eft-là la marque
d'un vrai Roi ; maître de lui même , il ne fe laiffe dominer par aucun de ces mouvemens , qui cau-
fent ordinairement fa perte &
celle de fes Etats. Regardez toû-

jours avec indifference, mon cher
Manugeher, ce que vous posse-
dez, afin d'avoir un jour moins de
regret de le perdre, & songez que
lorsqu'un homme de bien est prêt
à passer dans l'autre vie, il lui im-
porte peu de mourir sur un Trône
ou dans une Cabane.

L X X.

QUART-D'HEURE.

APrès cette morale digne d'ê-
tre gravée sur le bronze, je
pris congé de mes sujets, & malgré les larmes de Manugeher, je
partis avec Feramak qui me conduisit dans ces lieux charmans,
où après m'avoir fait boire de l'eau
de cette fontaine d'immortalité,
elle me fit construire ce Palais, que
j'habite depuis plusieurs siecles :
détachez de toutes passions, Fera-

mak & moi nous y vivons dans
une tranquillité parfaite, qui a
pourtant été quelquefois interrompuë par les malheurs qui font
arrivés aux defcendans de Manu-
gcher. La violence de leurs paffions les a fouvent écarté de la
route qu'ils devoient tenir pour
plaire au fouverain Créateur de
tous les Etres ; ils n'ont point écouté nos fages confeils, & le bras de
Dieu s'eft plus d'une fois appefanti
fur eux ; profitez donc, mes chers
enfans, de la difpofition où je vous
vois dans vos malheurs, par une
parfaite réfignation aux volontés
du Ciel : obtenez de Dieu cette indifference pour les biens de la terre, qui fait tout le bonheur des
mortels, moins malheureux que
le faint homme Aïub * qui mérita
juftement le titre de Sabour, ** &
que le démon perfecuta fans relâ-

* Job ** Sabour en Perfan fignifie patience

che, ainfi que fa femme Suna; *
adreffez au fouverain Créateur,
les mêmes paroles dont ils fe fervi-
rent dans l'excès de leurs maux :
» La douleur nous environne de
» toute part, mais, Seigneur, vous
» êtes plus miféricordieux que tous
» ceux qui peuvent être touchés
» de pitié.

Cette ardente priere fit ceffer
leurs cruelles fouffrances; la chaleur peftilentielle que le démon,
par la permiffion de Dieu, lui
avoit foufflé par le nez, & qui
avoit corrompu toute la maffe de
fon fang à un point que fon corps
n'étoit plus qu'un ulcere, fe chan-
gea en rafraîchiffement falutaire :
le fidele Miniftre du trés-Haut
frappant la terre de fon pied, en
fit fortir une fource d'eau pure,
dont le faint homme ayant bû, &

---

* D'autres Auteurs Orientaux la nomment
Rafima.

s'en étant lavé, il se trouva parfaitement guéri de tous ses maux; ses biens & ses richesses furent multipliés au centuple, & la neige & la pluie qui tomboient chez lui étoient même précieuses.

Que cet exemple, mes chers enfans, vous encourage à souffrir; Dieu veut sans doute éprouver votre vertu, il la couronnera comme il a fait au saint homme Aïub.

Ces sages conseils encouragerent tellement le Roi de Borneo & son illustre épouse, qu'oubliant en ce moment tous leurs malheurs, ils ne songerent plus qu'à remercier Dieu de les avoir conduit dans la retraite de Feridoün. Cet illustre Monarque sensible aux marques d'amitié de Mahalem & de la Reine de Borneo, leur en témoigna toute la reconnoissance possible; m'en croyez-vous, leur dit-il? renoncez à votre Trône;

ne, reſtez avec moi dans ces lieux inconnus à toute la terre. L'eau de cette Fontaine vous y conſervera en ſanté & dans la jeuneſſe où vous êtes juſqu'à la fin des ſiecles ; exempts de toutes paſſions, vous y trouverez des douceurs étrangeres au reſte des mortels, & vous y ſerez ſervis par des Genies bienfaiſans qui obéïront à vos moindres ordres.

Mahalem, Seigneur, & ſon épouſe goûtoient trop les raiſons de Feridoün, pour ne pas ſuivre ſes conſeils. Enchantés d'un ſéjour auſſi délicieux, ils burent de l'eau de la fontaine d'Elie, & ſans s'embarraſſer de l'Uſurpateur Cahamy, que ſes cruautés firent bien-tôt maſſacrer par ſes propres ſujets, ils reſterent dans cette Iſle avec un ſeul enfant qu'ils eurent, & dont la Reine étoit enceinte lorſqu'elle y aborda, & ils y ſont en-

core, en attendant le jour terrible où tous les hommes rendront
compte de leurs actions devant le
souverain Tribunal de Dieu.

Ah ! mon cher Ben-Eridoün,
dit Schems-Eddin, si l'Histoire du
fils de l'illustre Giamschid avoit
été capable de me rappeller mes
disgraces passées , que les sages
instructions qui la terminent sont
consolantes pour les malheureux.
En effet, qui parut jamais plus miserable que le saint homme Aïub?
Dieu ne récompensa-t-il pas son
extrême patience ? ne le remit-il
pas dans un état plus florissant
qu'auparavant ? ne le combla-t-il
pas de ses bienfaits ? esperons donc
tout de sa bonté , & ne murmu-
rons jamais des afflictions qu'il ne
nous envoye que pour purifier notre vertu.

C'est très-sagement pensé, Seigneur , reprit Ben-Eridoün ; mais

pendant que votre Majesté me
peut donner encore quelque moment d'audience , je vais lui raconter une action bien généreuse
de deux Habitans de Schirak. Je
l'écouterai avec plaisir , dit le Roi
d'Astracan : alors Ben-Eridoün
parla en ces termes.

HISTOIRE.

D'Azar & d'Hilal.

UN Orfévre de Schirak, nommé Azar, avoit une maison
aux environs de cette Ville, qu'il
vendit à un de ses amis appellé
Hilal. Cet Hilal qui étoit à son
aise, avoit quitté le commerce de
Pierrerie, pour se retirer dans
cette maison, & y vivre tranquillement avec une seule fille qu'il
avoit eu d'une femme qu'il aimoit
tendrement. Il étoit un jour à se
promener dans son jardin, lorsqu'un orage des plus violents,
l'ayant surpris, il n'eut que le tems
de gagner un petit Salon dont les
vûës donnoient sur la campagne :

la pluye tomboit en si grande abondance, qu'il sembloit que Dieu voulût une seconde fois noyer le genre humain, & le Ciel étoit tellement en feu, qu'Hilal, qui comptoit que c'étoit son dernier jour, se recommandoit de tout son cœur au Souverain Prophete ; il eut encore bien plus lieu de croire que le vent froid * & glaçant de la mort souffloit de son côté, lorsqu'un coup de tonnere, ayant renversé un pan du mur de ce Salon, il se trouva presqu'accablé sous les ruines de cet édifice.

* Les Arabes nomment ce vent Sarfar.

Z iij

LXXI.

QUART-D'HEURE.

Hlal, Seigneur, devoit natu-
rellement être écrasé par la
chûte de ce mur, il ne fut pourtant point blessé, & en fut quitte
pour quelques écorchures ; mais
étant relevé de sa chûte, quel fut
son étonnement de se voir entouré
de bourses qui paroissoient remplies d'or & d'argent ; avant que
de les ouvrir, il examina d'où pouvoit venir cet espece de prodige,
& remarquant dans ce qui restoit
du mur qu'il y avoit eu une espece
d'armoire ménagée dans l'épais-
seur, il ne douta plus que ce ne
fut de cet endroit que fussent tom-
bées les bourses. Il les ramassa
l'une après l'autre jusqu'au nombre de deux cens, & trouvant dans

chacune mille pieces d'or, il les
porta en plusieurs voyages dans sa
maison.

Tout autre qu'Hilal auroit été
transporté de joye d'une pareille
découverte; mais ce modele d'é-
quité ne voulant pas profiter d'un
si riche trésor, attendit avec impatience le lendemain, pour aller
trouver son vendeur. Azar, lui
dit-il en l'abordant, loüez le Ciel
d'avoir vendu votre maison à un
homme que les richesses n'éblouïs-
sent pas; venez vous rendre le
maître d'un trésor des plus consi-
derables, & qui vous appartient
legitimement. Alors il lui apprit
toute l'avanture de la veille, &
ouvrant une de ses bourses qu'il
avoit apportée avec lui : voyez lui
dit-il, un échantillon de ce qui
vous appartient : il y en a encore
chez moi cent quatre-vingt-dix-
neuf toutes pareilles, si l'on en

peut juger par l'apparence & par
le poids.

Azar regarda Hilal avec furprife, mais aulli généreux que fon
ami : pourquoi venez-vous me
tenter, lui dit-il ? me croyez-vous
affez injufte pour accepter vos
offres ? La maifon que je vous ai
venduë , eft-elle encore à moi ?
ne m'en avez-vous pas payé le
p ix ? reportez donc cette bourfe
chez vous , & ne cherchez pas à
m'éblouir par des richeffes, pour
lefquelles je n'ai jamais eu d'avi-
dité ; né de parens juftes, & crai-
gnans Dieu, j'éleve mon fils unique dans la même crainte, avec
un bien médiocre , mais qui eft
fuffifant pour des gens qui n'ont
point d'ambition , & je vous verrai
fans envie poffeffeur d'un tréfor
immenfe auquel je n'ai nul droit.
Si la maifon que je vous ai venduë
étoit tombée , ou avoit été brûlée

par le feu du Ciel, dès le lendemain que vous en êtes entré en
posseffion, vous en feriez - vous
pris à moi? auriez-vous exigé que
je vous la fiffe rebâtir? Non certai-
nement, reprit Hilal, cela ne feroit pas raifonnable, le dommage
me regarderoit feul. Et bien, mon
cher ami, reprit Azar, par la même raifon, le profit appartient à
vous feul.

Hilal peu fatisfait de cette réponfe, vouloit abfolument qu'A-
zar prît le tréfor, mais ce dernier
étant demeuré ferme dans fa réfolution, ils prirent le parti d'aller
trouver le Cadi, pour le prier de
décider leur differend. Ce juge,
qui fe trouva honnête homme,
furpris du défintereffement de ces
deux Perfans, les conduifit devant
le Trône du Roi qui étoit alors à
Schirak, & ce Monarque auffi
étonné de la probité d'Hilal &

d'Azar, après avoir rêvé quelque
tems à ce qu'il devoit juger, prononça ainsi : Le tiers de ce tréfor
m'appartient legitimement ; mais
je ne veux pas être moins généreux que ces deux Mufulmans. Je
fçai qu'Hilal a une fort belle fille,
& qu'Azar a un fils parfaitement
bien fait ; je leur fais préfent de
mon tiers, & j'ordonne qu'ils joüi-
ront des deux autres portions qui
reftent de ce Tréfor, & qu'ils feront joints enfemble par le mariage, pourvû que l'un & l'autre
n'ayent point d'inclination oppofée à ce dernier article ; & pour
s'en informer fur le champ, il envoya chercher ce jeune homme &
cette jeune fille, & les trouvant
dignes d'être unis enfemble : ils
obéïrent avec une extrême joye &
fans violence aux volontés de ce
grand Monarque.

Combien peu trouve-t-on de

gens du caractere de ces deux
Marchands, dit alors Schems-
Eddin ; l'avarice & l'interêt ont
de tout tems reglé presque toutes
les passions des hommes, & divisé
les familles les plus unies : mais de
tels vices ne doivent jamais être
ceux d'un Monarque, il avilit son
rang lorsque, livré à des inclinations sordides, il ne sçait pas faire
à propos des liberalités dignes de
lui, & doit se ressouvenir que Dieu
ne lui donne tant de richesses à sa
disposition, que pour récompen-
ser le mérite & la vertu, & soula-
ger les malheureux. Seigneur,
interrompit Ben-Eridoün, permettez sur ce sujet, que je raconte
à votre Majesté une avanture très-
courte, mais très-singuliere.

AVANTURE

D'Aroün-Arreschid, & de deux pauvres de Bagdad.

LE souverain commandeur des croyans Aroün - Arreschid étant un jour à une fenêtre de son Palais qui donnoit sur la Place de Bagdad, fut apperçû par deux de ses sujets qui demandoient l'aumône. L'un d'eux se mit à crier; heureux celui à qui Dieu fait du bien, pendant que l'autre disoit à haute voix: heureux celui que le Calife regarde en pitié.

LXXII.

QUART-D'HEURE.

LEs cris de ces deux pauvres parvinrent jufqu'aux oreilles de ce Grand Monarque, qui fur le champ, leur fit diftribuer deux pains ; un pain blanc à celui qui invoquoit le Calife, & un pain bis à celui qui mettoit fa confiance en Dieu feul. Le pain blanc étoit fort petit, & celui à qui il fut donné, ne put voir fans envie, fon camarade en avoir un, quoique bis, quatre fois plus gros ; il lui propofa de changer enfemble, & l'ayant trouvé d'humeur très-accommodante, ils troquerent de pains, & fe retirerent chacun chez eux : le poffeffeur du pain bis fe moquoit en lui-même

de la fotife de l'autre ; mais ce dernier fut bien étonné, quand venant à rompre fon pain blanc,
qu'il n'avoit reçû en troc que
pour faire plaifir à fon compa-
gnon, il y trouva cent fequins
d'or dont il continua de loüer
Dieu qui le retiroit par là de la mi-
fere.

Le lendemain celui qui avoit
reçû du Roi le pain blanc, fe trouva fous la même fenêtre, & ne
voulant pas avoir une fi petite
portion que celle de la veille, cria
de toutes fes forces, heureux celui à qui Dieu fait du bien. Le Calife entendant cette voix en fut
furpris ; il le fit venir devant lui,
& lui ayant demandé par quelle
raifon il s'adreffoit cette fois à
Dieu plûtôt qu'à lui, ainfi qu'il
avoit fait la veille, & ce qu'il avoit
fait de fon pain blanc. Seigneur,
lui dit ce miférable, je l'ai troqué

contre mon camarade à qui Dieu
avoit fait une plus grosse part qu'à
moi. Le Calife ne put s'empêcher
en ce moment de lever les yeux au
Ciel & de loüer la divine Providence. Il est bon, dit-il, alors, de se
recommander aux Princes & aux
gens Puissans; mais celui qui met
la confiance en Dieu seul, fait toûjours un meilleur choix : alors
ayant donné pareillement cent se-
quins à ce pauvre homme, il le
renvoya bien content chez lui.

Que cette morale est bien vraie,
s'écria Schems-Eddin? Rois de la
terre, vous qui vous enorgüeillif-
fez d'un titre de si peu de durée,
& qui vous regardez comme des
Géans, par rapport à vos sujets;
faites attention, que si votre tête
est d'or, vos pieds sont d'argile &
de boüe, & que toutes vos vanités
sont renversées par un seul souffle
du Souverain Créateur de tous les

êtres. Vous vous regardez comme immortels, & vous ne reconnoissez véritablement sa puissance, que dans le moment terrible où l'Ange de la mort se dispose à vous conduire devant le Souverain Tribunal où nous ferons tous égaux; c'est ce que je veux te prouver par une avanture assez singuliere.

AVANTURE

AVANTURE

D'Iskender ; * racontée par
Schems-Eddin.

LE grand Iskender allant un
jour à la chasse pour se délas-
ser de ses fatigues continuelles ,
poursuivit un Cerf avec tant d'ar-

---

* C'est le second Alexandre appellé communé-
ment Roumi par les Orientaux ; & Ben-Filicos ,
fils de Philipes Khondemir rapporte que ce Prince
étant prêt à mourir, & voyant sa mere fondant
en larmes , lui écrivit ce qui suit , pour la consoler : votre fils , après avoir compté quelques
momens de vie , est livré à la mort, il a passé
comme un éclair , & laisse seulement après lui ,
la matiere de beaucoup discourir : & Abulfarage
ajoûte qu'il lui manda un peu avant sa mort de
convier à un Banquet solemnel qu'elle devoit faire , tous ceux qui auroient vécu sans aucune affliction.

deur, qu'infenfiblement il fe trou
va feul & fort éloigné de fes Cour
tifans ; après avoir perdu la bête
de vûë, il erra tellement dans la
Forêt, qu'il fe trouva dans un lieu
tout-à-fait inconnu , & qui avoi
tout l'air d'avoir été autrefois un
Cimetiere ; en effet , il y apperçu
un homme qui rangeoit & déran-
geoit un gros tas de têtes de morts
comme s'il avoit quelque chofe de conféquence à y chercher
Iskender lui parla plufieurs fois,
non feulement il n'en reçut aucune réponfe , mais même il feigni
de ne l'avoir vû ni entendu , &
continua toûjours fon ouvrage.
Cette impoliteffe piqua ce Grand
Monarque : que fais-tu là avec
tant d'attention , lui dit-il d'un
ton de colere ? Ce que je fais , répliqua cet homme , je cherche les
os de ton pere & du mien ; mais je
ne fçaurois les diftinguer tant il y

a d'égalité entr'eux : alors cet
homme disparoissant , ne laissa à
Iskender qu'une extrême confu-
sion sur la vanité qu'il avoit de se
croire presqu'aussi puissant que
Dieu même.

Seigneur , dit alors Ben-Eridoüin ; il n'est rien de plus humiliant pour un Prince tel qu'étoit
Iskender , qu'une pareille appari-
tion ; elle servit aussi à le détromper des folles idées que sa mere lui
avoit donné de sa divinité , & lorsque quelque flateur lui prodiguoit
son encens sur ce pied, il étoit le
premier à en railler & à le ren-
voyer à son Valet de Chambre
qui , par de certains services qu'il
lui rendoit, étoit bien persuadé
que ce Monarque n'étoit qu'un
homme sujet à corruption, comme tous les autres. Mais si votre
Majesté est informée de cette ap-
parition , elle en ignore peut-être

une autre qui fauva la vie à ce Monarque. Tu me feras plaifir de me la raconter, dit Schems-Eddin ; alors Ben-Eridoün parla en ces ermes.

AVANTURE

D'un Bucheron & de la Mort.

UN pauvre Bucheron ne pouvant, à caufe de fa pauvreté, fournir à la dépenfe de la nourriture d'un enfant que le Ciel venoit de lui donner, étoit forti de fa maifon dans l'intention de l'aller expofer aux bêtes féroces, ou de le jetter dans la riviere, & de venir fe pendre enfuite, lorfqu'il rencontra la Mort à fon paffage. Cette figure effrayante lui glaça les fens ; & ne fçachant quel parti prendre, il fe difpofoit à la fuite, lorfqu'elle l'arrêta par le bras. Ton fils & toi, vous ne mourrez pas, lui dit-elle, votre heure n'eft pas encore venuë.

LXXIII.

QUART-D'HEURE.

LE Bucheron fut un peu raſſu-
ré par ces paroles, ſa miſere
extrême lui fit regarder la Mort
avec un peu moins de frayeur.
Que voulez-vous que je faſſe ſur
la terre, lui dit-il, je ſuis vieux &
hors d'état de gagner ma vie, par
une chûte qui m'a ôté toutes mes
forces? Ne t'embaraſſes de rien, lui
répliqua la Mort, reporte ton enfant dans ta chaumiere, & me re-
viens trouver ici. Le Bucheron
obéït, la Mort le conduiſit dans la
plaine, elle lui montra dix ou douze plantes dont la vertu étoit encore inconnuë aux hommes; elle lui
enſeigna à les employer, & l'aſſu-
ra qu'avec ces ſecrets il feroit des

cures ſi merveilleuſes, qu'en peu
de tems il ſeroit reconnu pour un
Médecin très-célebre. Je veux faire encore plus pour toi, pourſui-
vit-elle : afin que tes arrêts de vie
ou de mort ſoient infaillibles, tu
me trouveras toûjours dans la
Chambre de tes malades ; ſi tu me
vois au pied du lit, tu peux aſſurer
hardiment que celui pour lequel
on t'aura envoyé chercher, ne
mourra pas de cette maladie ;
mais quand tu m'appercevras au
chevet, alors tous tes remedes ſe-
ront inutiles.

La Mort tint exactement parole au Bucheron : il devint bientôt
un Médecin recherché, ſes déci-
ſions étoient autant d'oracles, &
ſes cures étoient toutes miracu-
leuſes ; ainſi il devint riche en très-
peu de tems. Votre Majeſté n'i-
gnore pas que le Grand Iſkender
eut une maladie des plus périlleu-

ſes , on le ſoupçonnoit d'avoir été
empoiſonné , peut-être étoit-ce la
vérité ; car le Médecin Bucheron
y ayant été appellé pour éprouver
la force de ſes remedes , fut dans
la derniere conſternation de trouver la Mort au chevet du lit de ce
Monarque. Il eut beau la prier de
differer de quelques années , l'i-
nexorable fut ſourde à toutes ſes
prieres. Il faut qu'il me ſuive , di-
ſoit-elle ; n'entreprend point de
me fléchir : chacun étoit ſurpris
des diſcours du Médecin & de ne
voir perſonne à qui il portât la parole : on le regardoit comme un
fou , & l'on étoit prêt de le chaſ-
ſer avec ignominie, lorſque parlant à l'oreille d'un des Eſclaves
d'Iſkender, il lui ordonna de prendre trois de ſes camarades , & avec
eux de changer bruſquement le lit
du Prince , de maniere que le chevet ſe trouvât du côté du pied ; il
fut

fut obéï sur le champ, & cela fut
exécuté avec tant de promptitude,
que son adresse sauva la vie au
Grand Iskender. La Mort fut si
surprise de se trouver aux pieds
du malade, lorsqu'elle se croyoit
proche de sa tête, qu'elle ne put
refuser au Médecin de lui tenir sa
parole, & de se retirer pour cette
fois seulement ; elle lui pardonna
cette petite tromperie, avec défense d'y retourner : & ce Monarque guérit par les remedes du Bucheron, qui en reçut une récompense proportionnée à un si grand
service.

Schems-Eddin ne put s'empêcher de rire de l'avanture du Bucheron ; nos anciens Romanciers,
dit-il, avoient des idées bien plai-
santes & bien particulieres, & voilà une imagination des plus co-
mique. Je ne vous garantis pas le
fait vrai, reprit Ben-Eridoün, il

est du tems de nos Auteurs fabu
leux ; mais, si votre Majesté sou
haite, j'ai une histoire à peu pr
de ces tems-là, où les apparence
de vérité sont un peu mieux ga
dées, & des Auteurs fort sens
la rapportent de maniere à fair
croire qu'elle pourroit bien êtr
véritable : la voici , Seigneur
telle que je l'ai lûe il y a quelque
années dans un Manuscrit asse
rare.

HISTOIRE.

De Boulaki, Sultan des Indes, & de la belle Dara-cha, sa fille.

IL y avoit autrefois dans les Indes, un Roi très-puissant, nommé Boulaki. Ce Prince, dans une extrême vieillesse, se voyant sans enfans, fit tant de vœux dans toutes les Pagodes de son Empire, qu'il obtint de ses Dieux une fille qu'il nomma Dara-cha. La Sultane mere de cette jeune fille, qui lui avoit été venduë par un Marchand de Golconde, * où ce Monarque faisoit sa résidence ordinaire, avoit de son côté interessé

___

* Cette Ville est la Capitale d'un Royaume du même nom, située dans la Presque-Isle, entre le

Ram & Viknou, * dans le souhait
ardent qu'elle avoit de donner des
heritiers au Roi : mais il ne fut
qu'à demi satisfait par le don qu'ils
lui firent de Dara-cha. Comme la
petite Princesse étoit d'une beauté
parfaite, & qu'elle promettoit tout
ce que l'on pouvoit attendre d'une
personne de son rang, Boulaxi
n'épargna rien pour en faire un
modele de toutes perfections. Elle avoit à peine quinze ans, que sa
beauté faisant grand bruit dans
tout l'Orient, Baharam Guri **
Roi de Perse en devint passionné-
ment amoureux, sur sa seule ré-

Gange, l'Empire du Mogol, les Royaumes de
Deca & de Besnagar : ce Royaume est très renommé par ses mines de diamants, de fer & d'a-
cier.

* Principaux Dieux des Indiens.

** Il y a un Roman Persan composé par le
Poëte Katebi, intitulé *Baharam-Ve-Gui-En-*
dam, dans lequel les avantures guerrieres &
amoureuses de ce Héros sont écrites fort au long,
& dont cette histoire est extraite.

putation. Il laiſſa ſon Royaume à
un Viſir dont il connoiſſoit la fidelité, & étant arrivé à Golconde
incognito, il alla loger chez une
bonne femme, qui n'étoit pas
éloignée du Palais de Boulaki.
Après s'être entretenu long-tems
avec ſon Hôteſſe du mérite extraordinaire de la Princeſſe des Indes, il apprit que le Roi ſon pere
étoit fort chagrin de la perte d'un
de ſes Elephans, monſtrueux en
groſſeur & terrible par ſa force.

LXXIV.

QUART-D'HEURE.

CE furieux animal que l'on
avoit effarouché, avoit quitté la compagnie des autres, &
courant les Forêts & les Campa-
gnes, il faiſoit par tout un ravage

terrible. Les plus braves Seigneurs de la Cour, pour plaire au
Roi, lui avoient donné la chaſſe,
mais aucun d'eux n'avoit été aſſez
heureux pour échapper à ſa fureur, ils avoient tous été abattus
de ſa trompe, & foulés aux pieds.

Cette nouvelle enflamma le
courage de Baharam-Guri ; plus
il y avoit de péril, plus il trouvoit
de gloire à dompter ce ſuperbe
animal, & c'étoit la plus brillante occaſion qu'il pût choiſir, de
ſe faire connoître à Boulaki & à
Dara-cha ; il témoigna donc à
cette femme l'impatience qu'il
avoit de combattre l'Eléphant du
Roi, & malgré ſes remontrances
& ſes larmes, il prit la réſolution
d'aller éprouver ſa valeur contre
cet animal farouche : mais en cas
qu'il ſuccombât dans ſon entrepriſe, ne voulant point mourir
ſans avoir vû la Princeſſe, il ſe

préſenta le lendemain matin devant le Trône du Monarque des
Indes ; pour lui déclarer ſes intentions.

Boulaki conſterné de la perte
de tant de braves Seigneurs qui
avoient péri dans cette entrepriſe,
fut étonné de l'intrepidité du Perſan. Qui que tu ſois, lui dit-il, je
loüe ton extrême valeur, mais je
ne puis m'empêcher de plaindre
ton ſort, je vois bien qu'il ſera pareil à celui de tant de braves Indiens qui ſont morts ſous les pieds
de ce cruel Eléphant. Seigneur,
reprit Baharam-Gury, j'ai combattu toute ma vie ces monſtrueux
animaux, & je ſuis toûjours ſorti
victorieux de pareils combats ;
peut-être que celui - ci me ſera
auſſi favorable : mais avant que de
l'entreprendre, puis-je eſpérer de
votre Majeſté, une grace auſſi
ſinguliere qu'elle eſt téméraire,

Quelle est-elle ? repliqua Boulaki. C'est Seigneur, de permettre
que j'aye l'honneur de voir la Princesse, de lui baiser la main, & en
cas que je succombe dans le combat, qu'elle porte le deüil de ma
mort pendant quinze jours seulement.

Boulaki fut très-surpris de cette demande, cependant considé-
rant la bonne grace de Baharam-
Guri, quelque indiscrette que soit
ta demande, lui dit-il, je ne veux
pas que mes Peuples me repro-
chent de les laisser souffrir des
fureurs de cet animal indompta-
ble pour une récompense dont tu
n'auras jamais lieu de te venter,
puisque je regarde ta mort comme inévitable : dispose-toi donc à
combattre l'Eléphant & que l'on
appelle la Princesse.

Dara-cha survint un moment
après, elle leva son voile par or-

dre de son pere ; & comme tout ce
que les Peintres ont jamais ima-
giné de plus beau, étoit inférieur
aux charmes de la Princesse : Baharam - Guri en fut tellement
ébloüi, qu'il ne put soûtenir sa
vûë. Adorable Princesse, s'écria-
t'il, en se prosternant la face contre terre ; heureux les sujets qui
vivent sous une si charmante domination, mais que n'ont-ils point
à craindre de vos divins regards?
quel cœur insensible peut vous
voir sans vous adorer , le respect
qu'ils doivent avoir pour une ima-
ge aussi parfaite de la divinité ,
ne les met point à l'abri des traits
qui partent de vos beaux yeux ;
pardonnez un aveu si téméraire.
Je vais, belle Dara-cha, combattre l'Eléphant qui fait tant de ravage aux environs de Golconde ;
ma mort est presque sûre, mais je
n'ai point de regret à la vie, puis-

qu'il m'a été permis de voir ce qu'il
y a de plus rare dans le monde,
de baiser la main d'une Princesse
qui mérite de posseder le Trône
de tout l'Univers, & qui doit,
après ma mort, donner des marques, du moins, extérieures de la
douleur qu'elle aura de ma perte.

LXXV.

QUART D'HEURE.

DAra-cha fut si interdite à la
vûë de Baharam-Guri, &
ce Monarque lui parla avec
tant de graces & de marques d'une
veritable passion, que sans faire
attention à la présence de son pere, elle ne put s'empêcher de verser des larmes sur sa mort certaine.

Généreux Cavalier, lui dit-elle,

vous ne feriez pas affez hardi ,
pour me tenir de pareils difcours,
fi vous n'étiez pas né Prince , & fi
vous n'en aviez pas la permiffion
de mon pere ; j'ofe cependant vous
avoüer que s'ils me déplaifent ,
c'eft que je prévois que la fuite en
fera funefte. Oüi , ma chere fille,
s'écria le Sultan des Indes ; ce
jeune téméraire ne portera pas
loin la peine de fa préfomption ,
j'en conviens : mais malgré fa hardieffe , que je me fens d'inclination pour lui ! & fi fa naiffance répondoit à fa valeur , que j'auro s
un fenfible déplaifir d'avoir fouffert qu'il s'expofât à une perte in-
faillible. Je n'ai pû le détourner
d'une fi généreufe réfolution ;
fouffrez donc (ainfi que je le lui ai
promis) qu'il vous baife la main ,
& jurez-lui de porter le deüil de
fa mort , au moins pendant quinze jours. Ah ! Seigneur , reprit

Dara-cha , en préfentant la main
au jeune Monarque de Perfe, qu'il
baifa avec un refpect & une ardeur fans égale. Je ne puis faire
le ferment que vous exigez de
moi fans frémir ; je le jure cependant , je porterai le deüil de ce Héros en cas que nous ayons le malheur de le perdre ; mais je le puis
affûrer qu'il fera plus dans mon
cœur , que fur mes habits.

Adorable Princeffe, s'écria Baharam-Guri, tranfporté de joye ;
je vous éviterai ce chagrin : comptez que je reviendrai vainqueur
& digne de poffeder votre main ,
vous fçaurez alors que je puis afpirer à un fi grand honneur, & fi
j'ai le malheur d'être vaincu , je
laifferai par écrit de quoi vous
convaincre , qu'il n'y a qu'un
Prince Souverain affez hardi pour
avoir demandé au Sultan des Indes les conditions téméraires que

ſa bonté a bien voulu m'accorder.

Boulaki & Dara-cha avoient bien jugé à l'air & aux diſcours du Perſan, que ce n'étoit pas un homme du commun ; mais perſuadés par ſes dernieres paroles, que c'étoit quelque illuſtre Monarque , ils firent tous leurs afforts pour le détourner du dangereux deſſein de combattre l'Eléphant. C'eſt vainement, reprit-il, que vous entreprenez de me faire changer de ſentimens ; mon ſort eſt écrit ſur la Table * de Lumiere ; je cours le remplir , & mériter ou les loüanges , ou les regrets de ma Princeſſe.

Partez, aimable Héros , lui dit alors le Roi des Indes, revenez vainqueur ; faites-vous connoître, & comptez ſur un cœur reconnoiſſant de la part de ma fille.

_____

* Maniere de parler des Orientaux pour faire connoitre qu'ils ajoûtent foi à la prédeſtination,

Baharam-Guri dans l'excès de
fa joye; voulut fe jetter aux pieds
de Boulaki, mais ce Monarque
l'en empêcha, & l'embraffa tendrement. Après ces marques de
diftinction, le Roi de Perfe partit
avec un feul Ecuyer du Roi, qui
lui fut donné pour être témoin de
fa mort ou de fa victoire. Lorfque
ce Prince fut proche du lieu où s'é-
toit retiré l'Elephant; l'Ecuyer eut
ordre de monter fur un arbre,
pour voir fans péril le combat de
Baharam-Guri, qui fe tenant fur
fes gardes, alla au-devant de ce
cruel animal avec une intrepidité
extrème.

L'Elephant ne l'eut pas plûtôt
apperçû qu'il vint fur lui avec une
furie dont tout autre que le Prince auroit été épouventé ; mais ce
jeune Héros, monté à l'avantage
(fans reculer un feul pas) lui tira
avec tant de force & d'adreffe, une

fléche dans le milieu du front, qu'il
la fit entrer jufqu'aux aîlerons :
après un coup fi heureux , il mit
promptement pied à terre , & fai-
fiffant ce furieux animal par fa
trompe avec un bras vigoureux,
il lui donna de fi violentes fecouf-
fes qu'il le fit enfin tomber par
terre : alors profitant de fon avantage , il mit auffi tôt le fabre à la
main , & lui fépara la tête du
corps.

L'Ecuyer ne vit pas plûtôt l'E-
lephant mort , qu'il fe gliffa à terre , & fe chargeant de la tête de ce
terrible animal , il entra dans Golconde, précedé du Prince de Perfe,
que l'on y reçut avec des acclama-
tions extraordinaires.

Si Boulaki fut charmé de fçavoir le jeune Perfan de retour, la
Princeffe des Indes n'eut pas moins
de joye de le revoir vainqueur. Le
Sultan l'ayant embraffé tendre-

ment, le fit affeoir à côté de lui:
Brave Inconnu, lui dit-il, nous ne
comptions pas vous revoir, mais
nos Dieux, qui ont exaucé mes
prieres, vous rendent à nos fou-
haits. Votre perfonne fans doute
leur eft chere, puifqu'ils ont permis que vous demeuraffiez vainqueur d'un animal qui a fait périr
les plus illuftres & les plus braves
de ma Cour. Je me flate que vous
voudrez bien me tenir votre parole, & que vous m'apprendrez à
qui j'ai l'obligation d'un fervice
auffi important.

Le Prince ne pouvant plus re-
fufer d'apprendre au Roi des Indes qui il étoit, parla à peu-près en
ces termes.

❊❊❊

HISTOIRE

HISTOIRE

De Baharam-Guri.

JE commencerai, Seigneur, par
vous apprendre que je dois le
jour au souverain Monarque de
Perse. Jezdegerd mon pere, qui
n'étoit pas dans l'usage d'élever
auprès de lui aucuns de ses enfans,
consulta, quelques jours après ma
naissance, les plus illustres voya-
geurs pour sçavoir d'eux quel étoit
le plus beau & le meilleur Païs
qu'ils eussent vû, afin de m'y envoyer. Il apprit que celui de Hirah situé dans la partie de l'Arabie
la plus proche de la Caldée, étoit
le plus propre qu'il pût choisir;
pour cet effet, il manda aussi-tôt

un Roi de ses Tributaires, nommé Nooman qui regnoit à Hirah, de le venir trouver. Ce Prince obéït à ses ordres ; & le Roi m'ayant remis entre ses mains, il lui ordonna de me conduire dans ses Etats, & de me donner une éducation conforme à celle des Arabes.

LXXVI.
QUART-D'HEURE.

JE passerai, Seigneur, sous silence, poursuivit le Prince de Perse, l'éducation de ma jeunesse, elle fut telle que je n'ai point eu sujet de m'en plaindre. Nooman qui n'avoit pû obtenir du Ciel aucun enfant, me donna toute sa tendresse, & n'épargna rien pour répondre à l'attente du Roi de Perse. J'avois déja près de vingt ans, sans que ce Monarque eu

voulu permettre que je vinſſe à ſa
Cour, lorſque j'appris avec une
extrême douleur, que l'Ange dē
la mort avoit enlevé ſon ame de
ſon corps. Je me diſpoſois à partir
en diligence, pour m'aller faire
reconnoître de mes Sujets, lorſque je reçûs une nouvelle qui me
jetta dans un nouveau deſeſpoir.
Comme les Perſans avoient beaucoup ſouffert de l'humeur violente de mon pere, & qu'ils ne me
connoiſſoient que de nom, ils crurent que je lui reſſemblerois; c'eſt
pourquoi, loin de m'appeller à
une ſucceſſion qui m'appartenoit,
ſi legitimement, ils jetterent les
yeux ſur un Seigneur de Perſe,
nommé Keſra, & le proclame-
rent Roi.

Nooman qui m'aimoit comme
ſi j'euſſe été ſon fils, ne put ſouffrir
l'injuſtice des Perſans ; il aſſembla
tous les Princes ſes voiſins, & les

engageant à soûtenir ma cause, il
forma une Armée de plus de quatre-vingt mille hommes, à la tête
desquels m'étant mis, je vins attaquer l'Usurpateur. Comme malgré le mécontentement des Perfans, il y avoit encore grand nombre de mes Sujets, qui n'avoit
souffert qu'avec chagrin l'Elec-
tion de Kefra ; tous ses gens ayant
appris que je m'approchois d'Hifpahan, députerent plusieurs Seigneurs au-devant de moi, qui s'en-
tremirent avec beaucoup d'empreffement pour négocier un ac-
commodement avec mon ennemi.

Comme je trouvois la difficulté infurmontable, parce qu'il falloit nécessairement que l'un ou
l'autre cedât le Trône à son concurrent, je m'avisai de proposer
un expédient assez extraordinaire,
& dont on convint des deux côtés;
ce fut de faire mettre la Couron-

ne royale de Perfe entre deux
Lions affamés , renfermés dans
une médiocre enceinte : & que
celui de nous deux qui la pourroit
enlever à ces furieux animaux ,
feroit jugé le plus digne de regner
fur toute la Perfe.

Si cette condition fut agréée de
tous mes Sujets , Kefra n'en fut
pas trop content ; en effet , le jour
deftiné pour cette décifion , étant
arrivé , nous nous tranfportâmes
au lieu du combat. Alors , voyant
la pâleur peinte fur le vifage de
mon concurrent : Avances coura-
geufement , lui criai-je , enleves
cette Couronne , & montres toi
par-là digne du choix que l'on a
fait de ta perfonne.

Kefra fe trouva furpris du ton
dont je lui parlai. Ce Trône m'appartient , me dit-il ; j'en fuis en
poffeffion , c'eft à vous qui préten-
dez me l'arracher , de retirer la

Couronne des griffes de ces Lions.
Comme tu ne la mérite pas, m'é-
criai-je, je ne suis pas surpris de
voir que tu montres ici plus d'esprit que de courage ; alors sans hésiter, je me jettai avec la furie &
l'impétuosité d'un Tigre, sur les
deux lions, & quoique j'eusse un
excellent sabre à mon côté, n'em-
ployant d'autres armes que mes
propres mains, je les tuai tous
deux, & après m'être saisi de la
Couronne, je me la mis moi-même sur la tête. Tous les Persans
furent si surpris de cette action
extraordinaire, qu'ils ne pouvoient en croire leurs yeux. J'a-
voüerai, Seigneur, que j'en étois
étonné moi-même, & que le Ciel,
qui connoissoit la justice de ma
cause, avoit, sans doute, inspiré
aux lions que je combattis, la timi-
dité & la douceur des agneaux,
puisqu'ils fuyoient devant moi

avec autant de frayeur que ces
foibles animaux évitent la dent
carnaciere des Bêtes feroces. Enfin, Seigneur, Kefra lui-même,
ce Kefra que mes fujets avoient
choifi pour les gouverner, fe
jetta à mes pieds, il les embraffa, & me jugeant digne de la
Couronne qu'il m'avoit enlevée,
il me reconnut pour fon fouverain Maître, & termina la guerre par une foûmiffion qui me fut
d'autant plus agréable, qu'elle
n'avoit coûté la vie à aucun de
mes fujets. Je montai donc fur le
Trône, où depuis douze ans je me
fuis appliqué à terraffer mes ennemis, & à faire le bonheur de mes
peuples. Je leur ai procuré une
paix tranquille dont je ne joüis pas
moi-même, puifque la Renommée
qui a publié à Hifpahan les rares
qualités de la charmante Dara-
cha, m'a privé de cette douce tran-

quillité. J'ai remis tout mon pouvoir entre les mains de mon premier Vifir, & j'ai voulu par moi-même, juger de la rare beauté de cette Princeffe ; je l'ai trouvé, Seigneur, fort fupérieure à ce que l'on m'en avoit dit, & je fens bien que je ne ferai jamais heureux, fi le Grand Sultan des Indes n'accorde à mes inftantes prieres, la main de la divine Dara-cha, & fi cette adorable Princeffe ne reçoit avec joye les offres refpectueufes de l'amour le plus foùmis & le plus paffionné.

Dara-cha qui n'avoit pû s'empêcher de donner fon cœur à Baharam-Guri, fans prefque le connoître, apprit avec une joye extrême que fon Amant étoit le Sultan de Perfe. La déclaration de ce Monarque étoit trop avantageufe à Boulaki, & il trouvoit tant de belles qualités & tant de valeur

dans

dans ce jeune Héros, qu'il n'héfira pas à l'affûrer qu'il fe trouvoit fort honoré de la paffion qu'il reffentoit pour fa fille; & cette Princeffe ayant témoigné combien elle y étoit fenfible, le Sultan des Indes ne differa le bonheur de ces tendres Amans, qu'autant de tems qu'il en fallut pour les préparatifs magnifiques qui s'obfervent dans des mariages de cette conféquence.

Cette Hiftoire m'a fait beaucoup de plaifir, dit Schems-Eddin; mais n'en fçais-tu plus de celles qui font dans le merveilleux manufcrit d'Aboutaher? Pardonnez-moi, Seigneur, reprit Ben-Eridoüin: en voici une qui, je crois ne vous déplaira pas.

HISTOIRE

Du Medecin Kamel.

IL y avoit à Bagdad, du tems d'Halon * Roi de Perse, un Tailleur d'habits, qui avoit eu d'une femme qu'il aimoit tendrement, un fils surnommé Kamel, à cause de l'extrême sagesse qu'il fit paroître dès son enfance. A peine commençoit il à sentir les douceurs d'être tendrement aimé de ceux qui lui avoient donné la vie, que le Ciel lui enleva sa mere;

* Ce Prince regna en Perse environ l'An 1258. & avoit épousé une Chrétienne nommée Doucoscaro, sortie à ce que l'on prétendoit, de la race des trois Rois ou Mages qui vinrent adorer Jesus-Christ.
Daviti f. 194.

elle mourut de douleur de voir son
mari tourner toutes ses affections
vers une jeune veuve de ses voi-
sines, dont l'esprit étoit aussi mauvais que le cœur.

LXXVII.

QUART-D'HEURE.

BAbur eut si peu de peine à se
consoler de la perte qu'il venoit de faire, qu'il ne mit presque
point d'intervale entre la mort de
la femme, & de nouvelles nôces
avec sa voisine. Ce n'étoit pas assez
pour Kamel d'avoir une belle-
mere d'un aussi mauvais caractere ; il falloit encore que cette femme eût un fils de son premier mari
qui la surpassât en méchanceté : il
avoit dès son plus bas âge, fait paroître une malice si noire dans

toutes ses actions, que ses cama‑
rades l'avoient appellés Acrab,
c'est-à-dire Scorpion, nom qui lui
resta toute sa vie. Il y avoit au‑
tant de différence pour les mœurs
entre Kamel & Acrab, qu'il s'en
trouve entre le cruel Lion & la ti‑
mide Colombe ; le premier, mal‑
gré les mauvais traitemens de Ba‑
bur, & de sa belle-mere, s'appli‑
quoit uniquement à remplir les
devoirs d'un honnête homme.
L'autre uniquement attentif à fai‑
re du mal, ne s'attachoit qu'à me‑
ner une vie libertine. Kamel em‑
ployant tout son tems à l'étude
des simples, s'étoit fait pour ami le
plus habile Médecin & Botaniste
de toute la Perse ; pendant qu'A‑
crab livré à ses pernicieuses incli‑
nations, ne fréquentoit que des
scelerats & des gens dignes du der‑
nier supplice. Ce n'étoit cepen‑
dant que pour ce monstre que Ba‑

bur & sa femme avoient des yeux, quoiqu'ils en essuyassent tous les jours mille insolences.

Kamel fut enfin si rebuté de l'indigne préference que son pere donnoit dans son cœur à Acrab, qu'il résolut de s'éloigner de Bagdad; il communiqua son dessein au Médecin son ami : cet homme sage eut beau vouloir s'opposer à ce dessein, il n'en put rien obtenir. Kamel partit donc sans prendre congé de Babur, & suivant les instructions de son ami, il prit la route de la Chine, où regnoit un Puissant Monarque, appellé U zou. * A peine y fut-il arrivé, qu'apprenant que ce Prince étoit dangereusement malade, & désesperé de ses Médecins, il demanda la permission de le voir : on ne

---

* Uzou, ou Cublaycan Roi des Tartares, fit une irruption dans la Chine dont il se rendit maître, & priva du Royaume Fanfur qui y regnoit vers l'an 1266.

la lui refula pas, & Kamel con-
noiſſant parfaitement les cauſes
de ſa maladie, prépara le jus de
pluſieurs Simples, & le lui ayant
fait avaler, ce Monarque, comme par miracle, ſe trouva non-
feulement hors de danger ; mais
encore en peu de jours, il recou-
vra une ſanté auſſi parfaite que s'il
n'avoit jamais reſſenti aucune in-
commodité. Une pareille cure,
& dont les effets étoient auſſi
prompts, étonna fort toute la Cour,
& excita l'envie des Médecins. Le
Roi que Kamel avoit, pour ainſi
dire reſſuſcité, ne ſçavoit quelles
careſſes lui faire ; il le combla de
largeſſes, & ayant chaſſé ſon premier Médecin, il lui en donna la
place, & le mit auprès de lui dans
la plus haute faveur. Il y avoit
près d'un an que Kamel étoit à la
Cour de la Chine, lorſque le Roi
Uzou trouva des ſujets ſenſibles

de chagrins dans l'interieur de son
Serail. Parmi plusieurs belles filles
dont on lui avoit fait présent, il
s'en étoit trouvé une âgée de quinze ans qui surpassoit autant les autres en beauté, que les lis & la rose surpassent les fleurs les plus ab-
jectes. Le Roi s'étoit tellement
enyvré d'amour pour la charmante Roukia (c'est ainsi que s'appelloit cette jeune fille) qu'il étoit
dans un désespoir affreux de la
voir livrée à une noire mélancolie qui l'empêchoit de répondre à
sa passion. La tristesse avoit non
seulement chassé les ris & les jeux
de sa belle bouche, & banni le
sommeil de ses yeux; elle avoit
tellement pénetré dans toutes les
parties de son corps, qu'aucun
médicament n'y faisoit son effet.
Uzou avoit vainement employé
tous les remedes de Kamel, il mau-
dissoit mille fois un Art qui se trou-

voit impuiſſant pour une perſonne
qu'il cheriſſoit au ſouverain degré.

Son Médecin connoiſſoit bien
que le mal de Roukia provenoit
d'une bile très-âcre, qui rendoit
les parties internes lentes à ſe reſſentir de l'irritation de ſes remedes ; il entreprit pourtant, par une
avanture divertiſſante, de mettre
ſes humeurs en mouvement, &
communiqua ſon ſecret au Roi de
la Chine. Ah ! mon cher Kamel,
s'écria ce Monarque, que ne dois-
tu pas attendre de ma liberalité,
ſi tu rends la ſanté à ma belle Sultane. Je te dois la vie ; mais elle ſera toûjours languiſſante, ſi tu ne
diſſipes l'extrême mélancolie de
Roukia ; n'obmets donc rien,
mon cher ami, pour la conſerva-
tion d'une ſanté qui m'eſt ſi chere.
Seigneur, reprit Kamel, j'augure
bien de mon remede : mais la ma-

niere dont j'ai deffein de le donner, eft fi périlleufe, que je ne la
hazarderai pas, fi votre Majefté
ne m'affûre de la vie. Ah ! je jure
par Viknou, reprit le Roi, que
quelque chofe que tu puiffes entreprendre, je te le pardonne. Sur
cette affûrance, Kamel fe préfenta le lendemain à la porte de la
belle Roukia, mais dans un habit
bien different de celui qu'il avoit
coutume de porter.

LXXVIII.

QUART-D'HEURE.

KAmel, Seigneur, pourfui-
vit Ben-Eridoüin, avoit toûjours été vêtu très-modeftement ;
il avoit marqué dans toutes fes actions, une extrême gravité & une
profonde fageffe ; mais ce jour-là,

il étoit d'une parure si extraordinaire & si couvert de Pierreries,
qu'il attira d'abord toute l'attention de la belle Sultane ; il s'approcha d'elle avec une agitation &
une inquiétude qui ne lui étoit pas
naturelle , & lui prenant le poignet , comme pour lui tâter le
poux : ah ! trop charmante Roukia , s'écriat-il : quelque grand
que soit votre mal , il est leger en
comparaison de celui que je souf-
fre. Je languis , je me consume , &
le plus ardent Soleil d'Eté ne fond
pas si aisément un monceau de neige , que l'éclat de vos beaux yeux
a penetré jusqu'au fond de mon
tendre cœur.

Roukia surprise au dernier
point de la hardiesse de Kamel , &
le voyant si different de lui-même , dans ses habits & dans ses manieres , hesita quelque tems sur le
parti qu'elle avoit à prendre. Ka-

mel, lui dit-elle, je ne puis m'empêcher d'être étonnée de votre
extravagance ; je vous avois jufqu'à prefent, regardé comme un
homme fage , mais je vois bien
que l'efprit vous a tourné. Nullement, reprit le Médecin , l'indif-
férence feule caufe tous vos maux,
l'Amour veut aujourd'hui vous
rendre une vie dont vous ne faites peu de cas , que parce que
vous n'en connoiffez pas les plus
doux momens. C'eft-à-dire, reprit
la Sultane en foûriant, que fi je
vous en croyois , vous feriez le
Médecin & la Médecine. Ah !
plût à vos Dieux, s'écria Kamel ,
que vous ajoûtaffiez foi à l'effi-
cacité de mes remedes. Daignez ,
belle Roukia , daignez les recevoir avec confiance , & fouffrez
que ce baifer foit le premier
julep....

Ah ! c'en eft trop , s'écria Rou-

kia, en voyant Kamel en posture
de l'embrasser ; insolent, je t'apprendrai à te joüer à ton maître,
& à perdre ainsi le respect que tu
me dois. Hé quoi ! reprit Kamel
d'un air content , mon amour
trouve le secret de vous émouvoir;
ah ! Madame, vous prendrez mon
remede, & le Sultan lui-même ne
m'empêcheroit pas de vous guérir.
Dans le même tems il se mit en
état de lui arracher quelques faveurs , & la voyant furieuse ; &
hors d'elle - même , il frappa des
mains. A ce signal , le Roi de la
Chine, qui, à travers d'un voile,
avoit tout observé, entra brusquement , & présentant un gobelet
d'or à Roukia : la voici, dit-il,
cette médecine tant vantée, pre-
nez-la, Madame, de la main d'un
Prince qui vous adore , & qui
vous prie de pardonner cette petite tromperie à Kamel. Roukia

avoit été si émuë, que ces différentes passions ayant détaché les
humeurs froides & grossieres qui
lui entouroient le cœur, la médecine qu'elle prit en ce moment
lui fut très-salutaire , & lui rendit
en peu de jours une santé parfaite. On ne peut concevoir quelle
fut la joye d'Uzou ; il combla de
nouveaux bienfaits son Médecin,
& le regardoit comme le Dieu tu-
telaire de son Royaume.

Kamel avoit passé onze ans avec
le Roi de la Chine dans la plus
haute faveur , lorsque l'Envie é-
guisant ses dents enroüillées pour
le déchirer , elle profita d'une oc-
casion que le hazard fit naître.
Roukia avoit donné le jour à un
fils plus beau que l'Astre qui nous
éclaire ; mais cet aimable enfant ,
qui faisoit tous les délices du Sultan & de sa mere , étant tombé
dangereusement malade , en vain

Kamel employa ſes remedes auprès de lui, il dépériſſoit à vûë
d'œil, & le déſeſpoir de Roukia
allarmoit tellement le Roi de la
Chine, que l'on craignoit tout
pour la vie de ce Monarque, ſi
ſon fils étoit privé de la lumiere.

Les Médecins du Roi, qui
voyoient l'embarras de Kamel,
en témoignoient une maligne
joye : ils ne doutoient pas que la
mort du petit Prince ne fût ſui-
vie de ſa perte, & pour l'avancer
encore, ils publierent que Kamel
s'étoit vanté de le guérir, & que
s'il ne'hâtoit pas ſa guériſon, c'é-
toit pour mieux faire valoir l'im-
portance de ſes remedes, & pour
s'attirer une plus forte récompenſe. Ces bruits, quoique très-mal
fondés, allerent juſqu'à Uzou,
ſans pénétrer le peu d'apparence
qu'il y avoit à de pareils diſcours.
Ce Monarque entra dans une tel-

le fureur, qu'ayant fait venir Kamel en fa préfence, il jura, s'il ne
trouvoit le fecret de guérir le jeune Prince, de le faire enterrer
tout vif avec lui. Jugez, Seigneur,
pourfuivit Ben - Eridoün, de la
frayeur du Médecin en entendant
un arrêt fi terrible. Il voyoit la
mort du Prince certaine ; il eut
beau protefter de fon innocence,
rappeller fes anciens fervices, &
faire connoître l'impoffibilité d'u-
ne cure fi miraculeufe, le Sultan
fut fourd à fes remontrances & à
fes larmes, & toute la grace qu'il
lui fit, ce fut de lui faire donner
une lampe allumée, un pain, de
l'eau & un fabre pour s'ôter la vie,
en cas qu'il ne trouvât pas la mort
affez prompte. Enfin, Seigneur,
le Prince mourut ; je paffe fous filence fa pompe funebre, & l'affreux défefpoir du Sultan & de
Roukia ; tous les Chinois ver-

ſoient moins de larmes ſur la mort de cet enfant, que ſur l'horrible injuſtice que l'on faiſoit à Kamel. Cette malheureuſe victime de l'envie des Médecins ignorans, & de l'ingratitude du Roi, fut conduite dans le ſépulcre du Prince, que l'on referma, & ſur lequel le Sultan lui-même vint appoſer ſon cachet.

LXXIX.

QUART-D'HEURE.

KAmel dans le tombeau, livré à un affreux déſeſpoir, faiſoit de triſtes réflexions ſur ſa miſere. Après avoir paſſé la nuit dans ce lieu rempli d'horreur, il alloit ſe donner la mort, pour ſe délivrer en un moment de tous ſes maux, lorſque, par un coin du

du sepulcre & à travers quelques
jointures de pierre, il y vit entrer
un Serpent d'une grosseur extraordinaire, qui se traînant à longs
replis avec des sifflemens terri-
bles, lui fit voir la mort écrite dans
ses yeux.

Quelque miserable que fût Kamel, il ne put voir cette mort si
prochaine sans frémir, & se saisissant promptement de son sabre,
il en donna un si furieux coup
sur la tête du Serpent qu'il l'ab-
battit à ses pieds. Certain de sa victoire, il commençoit à en joüir,
lorsqu'un autre Serpent beaucoup
plus petit que le premier, sortit
seulement la tête hors du même
trou qui donnoit dans le tombeau,
& après avoir regardé avec attention le Serpent mort, il se retira.

Kamel se livroit à la douleur la
plus violente, lorsqu'il vit le jeune Serpent rentrer dans le tom-

beau avec une herbe qu'il tenoi
dans sa gueule ; loin d'aller
lui pour le tuer, il voulut voi
quel étoit son deffein, & s'appei
çut, avec une surprise extrême
que s'étant approché du Serpen
mort, & l'ayant touché plusieur
fois de cette herbe, il reprit peu
peu ses esprits, se redreffa en plu
fieurs plis, fit quelques careffes
celui qui venoit de lui rendre l:
vie, & qu'ils prirent tous deux l
chemin du trou par où ils étoien
entrés.

Quoique l'étonnnement de Ka-
mel fût sans égal, il lui laiffa affez
de hardieffe & de préfence d'efprit, pour s'oppofer à leur fortie,
il levoit déja le bras pour abbat-
tre la tête de celui qui tenoit cet
te herbe merveilleufe dans fa
gueule, lorfque cet animal, com
me s'il eût connu que Kamel n'er
vouloit qu'à cette herbe, la laiffa

tomber à terre, & s'éloignant enfuite, lui donna le tems de la ramaſſer.

Kamel ayant laiſſé ſortir les
deux Serpens, s'approcha de ſa
lampe pour examiner cette herbe de plus près, il n'en avoit jamais vû de pareille, & voulant, à
l'exemple du Serpent, en faire
l'épreuve ſur le Prince, il leva le
voile qui lui couvroit le viſage,
& ne lui en eut pas plûtôt mis ſur
les levres & à l'endroit du cœur,
que l'eſprit de vie ſe reveilla en
lui; les arteres commencerent à
lui battre, & la pâleur de la mort
s'étant changée en une couleur
vive & vermeille, le jeune Prince
leva la tête, & après avoir repris
entierement l'uſage de ſes ſens,
il témoigna une extrême ſurpriſe
de ſe voir dans ce lieu d'horreur
& de triſteſſe. Il eſt impoſſible,
Seigneur, de bien exprimer la

joye de Kamel, il ferra foigneu-
fement une herbe fi précieufe ,
& appellant les Gardes qui étoient
poftés à la porte du Tombeau : il
leur cria d'aller dire au Sultan de
la Chine, que fon fils étoit plein
de vie,

Les Gardes écoutant ces difcours, comme partant d'un homme qui étoit en frenéfie , n'y faifoient pas grande attention, lorfque la voix du jeune Prince les
détermina à courir porter une
nouvelle fi extraordinaire au Roi,
Ce Monarque que rien ne pouvoit confoler de la perte de fon
fils , étoit livré à une amere douleur qui étoit encore entretenuë
par les larmes de Roukia , lorfqu'on lui vint annoncer que le
Prince étoit vivant ; il y avoit fi
peu d'apparence à un évenement
pareil, que cette nouvelle ne fit
qu'aigrir fon défefpoir , mais le

Porteur d'une nouvelle auffi incroyable, ayant infifté fur la verité de ce qu'il annonçoit, Rouxia, plus crédule que le Roi, le fupplia de fe vouloir tranfporter avec elle au tombeau de fon fils. Uzou, plus par complaifance qu'autrement, prit le chemin du fepulcre, de deffus lequel ayant levé l'empreinte de fon cachet, & en ayant fait faire l'ouverture, il en vit fortir Kamel qui tenoit dans fes bras le jeune Prince vivant. On ne fçauroit affez exprimer la furprife & la joye du Sultan & de la belle Rouxia ; cette mere tendre tomba évanoüie à la vûë de fon cher fils, & le Roi partageant fes mouvemens de tendreffe entre le jeune Prince & fa mere, faifoit voir le fpectacle le plus touchant. Rouxia revint enfin de fa foibleffe, on la tranfporta, ainfi que le Prince au Palais, où Kamel

à qui l'on attribua la réfurrection
du Prince, fut reçû avec toutes les
marques d'une joye parfaite.

Uzou ne fçavoit de quelle maniere recompenfer un fi grand
fervice ; il s'accufa mille fois d'ingratitude à fon égard, & l'ayant
comblé des plus riches prefens,
il lui laiffa la liberté de retourner
à Bagdad, ou de refter à la Chine.

Kamel qui venoit d'éprouver
combien facilement ce Monarque
s'enflammoit de colere, & jufqu'à
quel point il pouffoit fa cruauté,
choifit fans héfiter de retourner
dans fa Patrie. Quelque chagrin
que le Sultan reffentît du départ
de Kamel, il connoiffoit trop la
dureté dont il avoit ufé envers
lui, pour y trouver à redire. Kamel partit donc, chargé de richeffes, & prit la route de fon
Pays.

Quelque raifon qu'il eût d'ou-

blier son pere , comme il étoit parfaitement honnête homme , son
soin fut , en arrivant dans les
Fauxbourgs de Bagdad , de s'informer s'il étoit encore en vie ;
il apprit avec une extrême joye,
que ce bon homme vivoit encore,
mais que les débauches d'Acrab ,
& la complaisance de sa belle. mere pour cet indigne fils, lui avoient
causé mille affaires fâcheuses, &
l'avoient reduit dans une extrême pauvreté.

LXXX.

QUART-D'HEURE.

SI ces dernieres nouvelles lui cauferent quelque douleur, il reffentit un plaifir fecret d'être en état de faire vivre fon pere dé-formais dans l'opulence, fe flat-tant que fa belle-mere & Acrab, attendris par fon bon naturel & par les effets de fa générofité, cef-feroient d'avoir pour lui une haine auffi violente que celle qu'ils lui avoient toûjours témoignée. Il at-tendit dans cette efpérance que la nuit fût venuë, & ayant ordon-né à fes Efclaves de l'attendre dans le lieu où il étoit defcendu d'a-bord ; il confia à l'un d'eux feule-ment, qu'il étoit fils du Tailleur Babur, & qu'il vouloit aller loger

chez

chez lui fans fe faire connoître :
enfuite ayant pris deux bourfes de
mille fequins chacune, & un petit écrain garni de fes plus belles
Pierreries, il les fit porter jufqu'à
la porte de fon pere, où il fit heur-
ter par fon Efclave.

Kamel étoit fi changé depuis
plus de douze ans d'abfence, qu'il
ne fut point reconnu par Babur,
lorfque ce vieillard vint ouvrir fa
porte. Je fuis Etranger, lui dit Kamel, j'arrive à cette heure dans
Bagdad, dont je trouve les portes
fermées ; obligé de loger dans le
Fauxbourg, faites-moi le plaifir
de me retirer chez vous pour cette
nuit feulement , & de me faire
donner à manger. Voilà deux piéces d'or pour mon fouper & pour
mon gîte, & fi ce n'eft pas aſſez,
je ferai en forte que vous n'aurez
pas lieu d'être mécontent de moi.

Babur furpris du compliment

de cet Etranger , & charmé de sa
phisionomie , le reçut avec beaucoup d'honnêteté ; Seigneur, lui
dit-il, vous ne pouviez plus mal
choisir : je suis assez pauvre , cependant je tâcherai de vous recevoir du mieux qu'il me sera possible.

Kamel étant entré, Babur donna les deux piéces d'or à sa femme ; il n'est pas encore bien tard,
lui dit-il, courez chez nos voisins,
achetez tout ce qu'il faut pour ré-
galer un galant homme qui nous
demande le couvert pour cette
nuit , & faites en sorte que nous
fassions un bon repas : voilà de
quoi le bien regaler.

Pendant que cette femme , accompagnée de l'Esclave de Kamel,
alla chercher à souper , Acrab
rentra dans la maison ; il fut d'a-
bord surpris à la vûë de ce nou-
vel hôte : mais quelle fut sa joye,

lorfqu'il le vit remettre à Babur
les deux bourfes de mille fequins
d'or , & l'écrain où étoient les
Diamans , avec priere de les lui
garder jufqu'au lendemain. Jamais ce miferable n'avoit vû une
pareille fomme , ni de fi beaux
Diamans , & comme il étoit accoûtumé au crime , il eut bien-tôt
pris la réfolution de s'en rendre
le maître.

La femme de Babur revint de
la provifion ; elle apporta de quoi
faire un bon fouper : & Kamel
les ayant tous invité à fe mettre à
table, le repas fut des plus guais
& des plus longs. La nuit étoit déja fort avancée , lorfque Kamel
voyant que fon pere pouvoit avoir
befoin de repos , demanda à fe retirer. On le conduifit dans une petite chambre des plus fimples où
couchoit ordinairement Acrab ,
& l'on donna un lit à fon Efcla-

ve dans un cabinet, à côté de son maître.

A peine, Seigneur, Kamel commençoit-il à joüir d'un sommeil tranquile, que Babur & sa femme furent reveillés par un grand bruit qui se passoit dans la chambre de leur hôte. Ils allumerent promptement leur lampe, & accourant aux cris qu'ils y entendoient, ils furent dans le dernier désespoir de voir Kamel baigné dans son sang, & Acrab un poignard à la main, aux prises avec son Esclave. Ah! Seigneur Babur, s'écria ce dernier, sauvez la vie à votre fils que ce scelerat vient d'assassiner.

Babur ne comprenoit rien à ce discours, mais comme malgré sa vieillesse, il étoit encore vigoureux, & qu'il connoissoit le mauvais naturel d'Acrab, il se disposoit à lui arracher l'instrument de

son crime , lorsque l'esclave plus
adroit s'en saisissant, frappa l'as-
sassin dans le cœur & le renversa
mort à ses pieds. La femme de Babur voyant son cher fils dans un
état si cruel pour elle, faisoit des
cris semblables aux rugissemens
d'une Lionne en fureur; ils réveil-
lerent le voisinage ; les plus pro-
ches voisins enfoncerent la porte ,
& arriverent assez-tôt pour être
spectateurs d'une Scene si tragique. Ah ! Babur , s'écria l'Esclave
fondant en larmes ; je vous le repete encore, sauvez la vie à votre
fils, s'il en est encore tems : celui
que vous voyez dans ce lit & noyé
dans son sang , est Kamel que les
mauvais traitemens de votre femme , & les crimes de son fils, ont
forcé de quitter sa Patrie. Il y revenoit comblé d'honneurs & de
biens, dont il avoit commencé à
vous faire part, lorsque ce per-

fide, voulant s'emparer du dépôt
que Kamel vous avoit remis, a
entrepris de lui ôter la vie par la
plus noire trahiſon ; trop heureux
ſi je puis avoir vengé la mort de
mon cher Maître, ſur un monſtre
qui ne devoit périr que par la
main des plus cruels bourreaux.

Babur étrangement ſurpris
d'une avanture auſſi tragique,
courut promptement au lit de
Kamel : ah ! mon cher enfant,
s'écria-t-il, en le prenant dans ſes
bras : mon cher Kamel, eſt-ce
vous que je vois mourant ? alors
aidé de l'eſclave, il le leva ſur ſon
ſéant, & lui ayant lavé le viſage,
il reconnut des traits que douze
ans d'abſence n'avoient pas encore entierement effacé de ſa mémoire, quoique la pâleur de la
mort fût marquée ſur ſon viſage :
on courut chercher le Chirurgien
le plus proche ; il ſonda ſes playes,

& les trouvant très-dangereuses,
il alloit y mettre le premier appa-
reil, lorsque Kamel, revenant de
son évanoüissement, & ouvrant
des yeux languissans, reconnut
Babur & lui serra la main.

LXXXI.

QUART-D'HEURE.

A Peine, Seigneur, Kamel
eut-il reconnu son pere,
qu'il l'embrassa les larmes aux
yeux, & repoussa de la main le
Chirurgien qui alloit panser ses
playes; pardonnez-moi cette in-
civilité, lui dit-il, d'une voix foible, je vous crois très-habile dans
votre profession, mais je me gué-
rirai bien moi-même. Que l'on
me donne une petite bourse de
senteur qui est attachée à mon
caleçon; l'Esclave la lui présenta

aussi-tôt , & en ayant tiré l'herbe
des Serpens , il en frotta toutes
ses blessures , & en avala une feüil-
le après l'avoir machée. Elle eut,
Seigneur, en ce moment un effet
aussi miraculeux qu'elle avoit eu
dans le Tombeau du fils du Sultan
de la Chine : & Kamel ne l'eut
pas plûtôt avalée, que ses playes
se refermant, il se leva aussi sain
que s'il n'eût jamais été blessé.
Tous les Spectateurs & le Chirurgien étoient dans l'admiration
d'une cure si miraculeuse. Babur
embrassoit tendrement son fils,
lorsque sa joye fut interrompuë
par un accident auquel il ne s'attendoit pas. La mere d'Acrab
étoit tombée évanoüie sur le corps
de ce scelerat, elle y étoit restée
sans qu'on y eût fait beaucoup
d'attention , lorsque revenant à
elle, & trouvant son poignard à
côté de lui, elle s'en saisit brusque-

ment & s'en perça le cœur. Babur
avoit toûjours eu beaucoup de
foiblesse pour sa femme ; il ne put
s'empêcher de répandre des larmes à une mort si précipitée ; mais
les voisins l'ayant tiré, ainsi que
Kamel, de la vûë d'un spectacle
aussi sanglant, ils allerent trouver
le Cadi, pour lui rendre compte
d'une avanture aussi triste. Après
que l'on eut rempli les formalités
de la Justice, pour l'enlevement
de ces deux miserables, ils retour-
nerent dans la maison, & Kamel
l'ayant fait abattre par la suite, il
y fit bâtir un Palais magnifique,
que dans une extrême vieillesse &
avant de mourir, il legua au Sultan pour lors regnant à Bagdad.
Pour Babur, il passa heureusement
& dans la tranquillité le reste de
ses jours avec son cher Kamel, &
ce ne fut, qu'accablés sous le poids
des années, & lorsque la vie leur

devint à charge, qu'ils payerent
à la Nature le tribut que nous lui
devons tous.

Je te jure, mon cher Ben-Eridoün, dit alors Schems-Eddin,
que je suis très-content de cette
Histoire ; les faits en sont très-sin-
guliers, quoique difficiles à croire, mais j'aurois voulu, pour que
Kamel eût poussé la générosité
jusqu'au bout, qu'il eût rendu la
vie à sa belle mere & à Acrab. Je
ne doute point qu'il ne l'eût fait,
reprit Ben-Eridoün, si on lui en
avoit donné le tems, mais j'ai eu
l'honneur d'observer à votre sou-
veraine Majesté, qu'on l'enleva,
ainsi que Babur, assez précipitamment, & que la Justice s'empara
des corps de ces misérables. Après
tout, Seigneur, Acrab & sa mere
étoient formés d'un si mauvais le-
vain qu'ils n'auroient point encore été touchés de ce dernier

bien-fait de Kamel, & l'un & l'autre auroient peut-être attenté à sa
vie dès le l'endemain. Tu as raison, repliqua le Monarque d'Astracan, ces deux Monstres ne mé-
ritoient pas d'être rappellés au
jour, & je sçais bon gré aux voisins de Babur, de n'avoir pas donné le tems à Kamel d'exercer sa
bonté sur deux sujets aussi ingrats ;
ils sont morts comme ils avoient
vécus, c'est-à-dire, enveloppés
dans le crime. Seigneur, reprit
Ben-Eridoün, votre Majesté s'est
déja déclarée plusieurs fois contre
les ingrats ; je vais lui conter une
histoire singuliere à ce sujet, &
je ne doute pas qu'elle ne soit contente de la vengeance qu'un Sultan de Citor prit, de quatre de ses
Sultannes ; c'est encore une Histoire du manuscrit d'Aboutaher.

HISTOIRE

Des quatre Sultannes de Citor.

LOng-tems avant que Badur Sultan de Cambaye se fût rendu maître du Royaume de Sanga, & qu'il eût jetté les Habitans de Citor * Capitale de ce Royaume dans un tel desespoir qu'ils réduisirent eux-mêmes en cendre une Ville qui, pour son extrême beauté, portoit le surnom de Parasol du Monde. Un jeune Prince appellé Bassiry, c'est-à-dire, Clairvoyant, regnoit dans ce Royaume ; comme il avoit la réputation d'être très-liberale, on lui apportoit de tous côtés les cho-

---

* Citor signifie Parasol du monde.

ses les plus rares & les plus précieuses. Un jour qu'il donnoit audience ; un homme d'environ quarante ans, mais d'une figure vénérable, s'étant présenté devant
son Trône, le salua avec une gravité très-respectueuse : Seigneur,
lui dit-il, le monde entier retentit de votre sagesse & de votre générosité ; & la Renommée qui pu-
blie vos vertus depuis Caf * jufqu'à Caf, me fait venir des extrê-
mités de la terre pour admirer vos
vertus, & pour vous présenter
une piece aussi singuliere qu'elle
est utile à un Monarque tel que
vous l'êtes ; mais dispensez-moi,
Seigneur, de m'expliquer ici sur
le genre de curiosité que je vous
apporte, c'est à vous seul que je

---

* Caf est une Montagne que les Musulmans
croyent entourer tout le Globe de la Terre & de
l'eau, & borner de tous côtés son Hemisphere,
ainsi selon eux, depuis Caf jusqu'à Caf, signifie
d'une des extrêmitez de la terre à l'autre.

veux apprendre les effets merveilleux d'une Statuë d'Albâtre que
deux de mes Efclaves tiennent à la
porte de votre Confeil, dans une
caiffe de Cedre.

LXXXII.

QUART-D'HEURE.

BAffiry, Seigneur, impatient
de voir la Statuë & d'en connoître les vertus, fit paffer cet
homme dans fon Cabinet, avec
les Efclaves qui fe retirerent après
l'avoir pofée fur une table d'or.
Seigneur, dit alors Abrouzanam,
(c'étoit le nom du maître de cette
piece fi rare.) Je lifois, il y a environ deux ans, un Manufcrit très-
curieux, compofé par un Docteur
de notre Loi, (que la grande con-
noiffance des Hiftoires & de l'an-

tiquité de l'Arabie, a fait furnom-
mer Dal-Ak Bar,) que Schedad,
Fils d'Ad defcendant de Sem, *
ayant dépenfé des fommes immenfes à achever les bâtimens
commencés par fon pere, & à bâtir une Ville des plus magnifiques
dans le païs des Adites, y enferma
toutes les richeffes qu'Ad avoit
pillées dans la conquête de l'Arabie, & des Provinces voifines ;
& qu'après avoir rempli fon Palais
où tout brilloit d'or & de Pierreries, des ouvrages les plus fingu-
liers des Génies bienfaifans, ce
fuperbe Monarque, qui croyoit
égaler la puiffance de Dieu par ces
marques exterieures de fa Grandeur, convia tous les Rois fes voi-
fins à venir admirer fes richeffes

---

* Sem fils de Noë : Houffain-Vaez fait mention de cette Hiftoire, & rapporte que fous le
Califat de Moavie premier de la race des Ommiades, un Arabe du défert découvrit par hafard la
Ville merveilleufe de Schedad.

& fon opulence ; mais que Dieu,
qui fe plaît à humilier l'orgüeil &
l'infolence des Princes affez fuperbes pour fe comparer à lui, envoya un Ange exterminateur qui
fit en un moment perir Schedad,
& tous les habitans de cette Ville,
qu'il fit difparoître entierement
aux yeux des hommes, fe réfer-
vant feulement de la faire voir de
tems en tems, à quelques-uns pour
conferver la mémoire d'une fi terrible vengeance. A la lecture de
ce Manufcrit, je me rappellai en
ce moment, le Chapitre quatre-
vingt-neuf du Divin Alcoran, intitulé *l'Aurore*, où notre Grand
Prophete, parle ainfi : Ne voyez-
» vous pas ce que le Seigneur votre
» Dieu a fait à Ad fils d'Aram ; &
je fentis une extrême curiofité de
trouver cette Ville que le même
Manufcrit m'affuroit avoir été découverte par un Arabe du défert
du

du tems du Califat de Moavie,
premier de la race des Ommiades.
Pour cet effet, j'entrepris le voyage de la Meque & de Medine, es-
perant dans des lieux si saints, obtenir cette grace de notre Grand
Prophete. Je ne me trompai point,
Seigneur dans mes esperances :
après avoir fait mes dévotions, à
son sepulchre, je me retirai sur
la Montagne d'Arafat, pour y visiter un saint Musulman dont la
réputation s'étendoit par toute
l'Arabie ; je trouvai ce vénerable
vieillard tellement occupé à la
contemplation, lorsque j'arrivai
dans sa Grotte, qu'il fut plus d'une
heure sans m'appercevoir ; ensuite revenu de son extase, Abrouzanam, me dit-il, je sçai le sujet
de ton voyage ; notre Prophete a
exaucé ta priere, tu verras la Ville
bâtie par Schedad, & j'ai ordre
moi-même de t'y conduire. Ah !

Seigneur , continua Abrouzanam , quelle fut ma joye à une
nouvelle si agréable , & dont je me
flatois si peu ? je voulus me jetter
aux pieds de celui qui me l'annonçoit, il m'en empêcha & me prenant par la main , partons, me
dit-il, sans differer un seul moment. Nous descendîmes alors la
Montagne , & nous prîmes le chemin de la plaine d'Aden : comme
nous avions marché sans disconti-
nuation, la fatigue & la chaleur
extrême du jour nous obligerent
de chercher un endroit où nous
puissions nous reposer ; nous nous
assîmes au pied d'un buisson , près
duquel couloit un petit ruisseau :
après nous y être désalterés , nous
nous livrâmes au sommeil qui dura depuis la priere du soir jusqu'au
lever du Soleil.

A peine cet Astre lumineux
nous eut frappé les yeux , que

nous nous levâmes avec précipitation ; mais quel fut notre étonnement, de nous trouver aux portes d'une Ville que nous ne connoissions pas : nous y entrâmes avec quelque espece de crainte ; mais la joye la dissipa bientôt, en nous appercevant que c'étoit la Ville bâtie par Schedad. L'extrême solitude qui y regnoit nous fit horreur, nous n'y trouvâmes aucuns habitans, toutes les portes des maisons étoient ouvertes, & après avoir traversé plusieurs ruës dont les bâtimens paroissoient d'une structure magnifique, nous arrivâmes jusqu'au Palais du Roi. Je ne puis, Seigneur, vous faire le détail de toutes les richesses immenses que j'y trouvai ; je ne crois pas que celles de Salomon les ait jamais égalé : tout y étoit semé de Pierres précieuses, les choses les plus viles y étoient d'or ; mais c'é-

toit dans le Cabinet de cet orgüeil-
leux Monarque, que l'on remar-
quoit l'ouvrage de ces fameux Génies qui se rendoient si familiers
avec nos premiers Rois de Perse
& du Mogolistan. J'y remarquai
entr'autres choses, cette Statuë
d'albâtre qui attira mon attention
par sa simplicité : je témoignai au
vieux Musulman ma surprise de
voir une piece qui paroissoit de si
peu de conséquence, dans un Cabinet si rempli de choses rares ;
mais ce saint homme me tira
bientôt d'erreur. Cette Statuë,
me dit-il, est un des plus précieux
ouvrages qui soit dans ce Palais ;
il seroit à souhaiter que tous les
Rois de la terre en eussent une pareille, & qu'ils s'attachassent à la
considerer souvent, ils connoî-
troient par ses mouvemens le fond
du cœur de ceux qui les appro-
chent, puisque cette Statuë est en-

nemie de la flaterie & du menfon-
ge , lorſque l'on flate les vices ou
les paſſions de quelqu'un en ſa préſence ; ſemblable à ces jeunes
Vierges dont une noble pudeur
couvre le viſage à l'approche d'un
homme , elle rougit auſſitôt ; & ſi
l'on profere devant elle le moindre menſonge , elle ſe met à rire
dans le moment même. Voilà ,
mon cher ami, les effets merveilleux de cette Statuë , qui eſt de la
compoſition des Génies. J'avouë ,
Seigneur , dit Abrouzanam au
Roi de Citor , que de toutes les ra-
retés que je vis dans le Cabinet de
Schedad , rien ne me fit plus d'envie que cette Statuë , & comme je
ſçavois par mon Manuſcrit que
tous ceux à qui notre Grand Prophete avoit obtenu de Dieu l'entrée de cette Ville inviſible à tous
les mortels , avoient eu la permiſ-
ſion d'en emporter quelque curio-

fité , je témoignai au Saint Muful-
man l'extrême plaifir que j'aurois d'être poffeffeur d'une piece
auffi rare: il m'affura que le Grand
Prophete ne s'oppofoit pas à mon
envie , & que je pouvois m'en rendre le maître. Quelque pefante
qu'elle fût , je la chargai fur mes
épaules avec une joye indicible ; &
après avoir fatisfait ma curiofité,
nous fortîmes de cette merveilleufe Ville , qui dans le même moment difparut à nos yeux. Je re-
conduifis le vieilard jufqu'à fa
Grotte & m'étant informé des
mœurs de tous les Rois de la terre , j'ai appris, Seigneur, que fi
tous ces Monarques étoient dans
une balance & que votre Majefté
fût dans l'autre ; vous les empor-
teriez tous par votre fageffe & votre prudence.

LXXXIII.

QUART-D'HEURE.

UNe auffi puiffante raifon,
pourfuivit Abrouzanam,
m'a déterminé, Seigneur, à venir vous offrir une piece auffi
rare, perfuadé que votre Majefté
en fera très-bon ufage, & qu'elle
ne peut être en de meilleures
mains.

Baffiry qui avoit écouté avec
une extrême attention, le difcours
d'Abrouzanam, fe leva pour l'em-
braffer : Ah ! mon cher ami, lui
dit-il, que je vous fuis obligé d'u-
ne telle préference : comment reconnoître un fi grand bienfait ?
non, toutes mes richeffes ne m'en
peuvent acquitter envers vous ?
Ah ! Seigneur, s'écria Abrouzanam, j'en fuis affez payé par l'hon-

neur que me fait votre Majefté,
d'accepter cette marque de mon
refpect, je ne lui demande, pour
toute grace que de refter auprès
d'elle, pour y admirer la profon-
deur de fa fageſſe, je ferai trop ré-
compenfé de mon préfent.

Le Roi de Citor furpris de la
générofité d'Abrouzanam, fut
charmé qu'un homme auffi fage
voulût s'attacher à lui; il lui en
marqua toute la reconnoiffance
poffible, & pour l'engager davantage à fon fervice, il le fit fon premier Vifir, dont la place étoit va-
cante depuis peu. Enfuite, fans
faire connoître à perfonne la vertu de la Statuë, dont il fit plufieurs
épreuves; il la fit pofer dans un
grand Salon carré où il donnoit
les audiences, & dont chaque
Angle étoit terminé par un Pavillon compofé de plufieurs Ap-
partemens qui communiquoient
dans

dans le Salon par des portes dont
ce Monarque seul avoit la clef;
l'un de ces Pavillons avoit vûë sur
un fleuve; l'autre sur les Ecuries
du Roi qui étoient magnifiques;
du troisiéme, on appercevoit la
cour des cuisines; & du quatriéme, on pouvoit voir un grand
corps de logis destiné pour ses Gardes du corps. Comme le Salon
étoit carré, chacune de ses vûës
donnoit sur les mêmes objets que
les Pavillons qui en formoient les
coins. Mais, Seigneur, continua
Ben-Eridoïn, revenons au Roi
de Citor. Ce Prince qui passoit déja pour un des plus sages de la terre, augmenta encore sa réputation par la maniere dont il décou-
vroit la fausseté du cœur de ceux
qui l'approchoient. Il n'avoit qu'à
regarder la Statuë pour pénetrer
dans l'ame de ceux qui s'adres-
soient à lui; & comme ses sujets

charmés de fa douceur , fouhai-
toient ardemment de voir regner
fa pofterité fur eux , ils le conju-
rerent de vouloir leur donner une
Reine. Ce monarque peu fenfible
aux douceurs d'un pareil engage-
ment , n'avoit jamais fait grande
attention à leurs prieres ; la pré-
vention dans laquelle il étoit contre les femmes , étoit un fûr con-
tre-poifon à leur beauté : cependant le Vifir Abrouzanam lui
ayant préfenté une nouvelle Re-
quête de la part de fes peuples, il
l'appuya de fi folides raifons , qu'il
voulut bien leur donner la fatisfaction qu'ils demandoient, réfo-
lu cependant , avant de fixer fon
choix , de bien confulter la Statuë.

Abrouzanam ayant alors fait
connoître les intentions du Roi ,
chacun s'efforça de lui chercher
les plus belles filles du monde , &

l'on remplit bien-tôt son Serail de
tout ce qu'il y avoit de plus rare
dans l'Asie. Comme ce Monarque ne vouloit point être ébloüi
par des parures étrangeres & qu'il
ne prétendoit consulter que la seule Nature dans le choix qu'il feroit, il ordonna que toutes ces jeunes filles fussent habillées chacune d'une robe de taffetas blanc,
que leurs cheveux fussent natés
d'un ruban de la même couleur,
& qu'on les fît assembler à la même heure dans la Salle du Divan.

Ce Prince, qui jusqu'alors avoit
été insensible, ne laissa pas d'être
ému à la vûë de tant de beautés
différentes. Son cœur incertain,
ne pouvoit pancher en faveur de
l'une sans faire tort à l'autre;
mais pour terminer cette grande
journée qui devoit décider du
bonheur de ses sujets, il choisit
trois de ces jeunes filles, & voulut

Hh ij

en recevoir encore une de la main
d'Abrouzanam; quelqu'effort que
le Visir fît pour s'en difpenfer, il
fallut obéïr. Celles qui n'eurent
pas le bonheur de plaire au Roi,
furent conduites dans un Serail
feparé ; mais les quatre Sultanes
furent remifes fur le champ entre
les mains des Eunuques & des
Gouvernantes qui leur avoient
été deftinées, qui, après les avoir
conduites au Bain , les ramene-
rent chacune dans un des Pavillons qui étoient aux coins du Salon , où Baffiry donnoit fes audiences.

Cet illuftre Monarque avoit
déja paffé près de trois mois, fans
paroître fe repentir de fon choix;
la Statuë n'avoit fait aucun mouvement à tous les difcours des
Sultanes que le Roi menoit fouvent dans le Salon où elle étoit
placée, lorfqu'un jour étant avec

l'une d'elles, il lui jetta en badi-
nant, une poignée de rofe fur la
gorge. Sumboul, * c'eft ainfi que
s'appelloit cette belle perfonne,
n'eut pas plûtôt été touchée de
ces rofes, qu'elle tomba évanoüie : le Roi qui l'aimoit tendrement, allarmé de l'état où il la
voyoit, appella du fecours : on
eut beaucoup de peine à lui faire
reprendre fes efprits, & ce Monarque lui ayant demandé alors
avec empreffement, fi elle avoit
une fi violente antipathie pour les
rofes, qu'elles puffent produire
fur elle un effet fi prompt & fi
dangereux. Non, Seigneur, répondit Sumboul d'un air enfantin,
ce n'eft pas averfion, c'eft une extrême délicateffe qui m'a penfé
coûter la vie. Votre Majefté m'a
bleffé en me jettant ces feüilles au
vifage ; l'une d'elles m'a fi rude-

* En Arabe Sumboul fignifie Hyacinte.

H h iij

ment frappé contre la temple,
qu'il s'en est peu fallu que la mort
n'ait fuccedé à l'évanoüiffement.

LXXXIV.

QUART-D'HEURE.

LE Roi furpris d'une pareille
réponfe , voulut la tourner
en raillerie , mais Sumboul foû-
tenant avec un très-grand férieux,
ce qu'elle venoit d'avancer , augmenta encore fon étonnement,
lorfqu'il la vit fe couvrir précipitamment le vifage , feignant que
cette Statuë étoit une perfonne
animée , aux yeux de laquelle elle
ne devoit pas fe faire voir. Baffiry
en ce moment jetta la vûë fur la
Statuë, & la voyant rire , il ne
douta plus de la fourberie de cette femme , il feignit cependant

d'ajoûter foi à fes difcours, il paffa
quelques heures avec elle, & réfo-
lu de l'éprouver à la premiére occafion, il la renvoya enfuite à fon
appartement qui donnoit fur fes
Ecuries.

Cinq ou fix jours après ce Monarque ayant fait appeller la fé-
conde de fes femmes, qui fe nommoit Uzum, il ne fut pas plûtôt
feul avec elle, que voulant l'em-
braffer: ah! Seigneur, s'écria-t-elle, vous me faites mal, votre robe bordée d'hermines vient de me
piquer cruellement, fans doute
quelqu'un des poils fe fera mal
rangé, & m'aura ainfi bleffée. Le
Roi ne fit pas d'abord grande attention à cette réponfe, qu'il prit
pour une plaifanterie, mais s'étant
approché avec elle d'un grand miroir d'acier, il fut furpris de la
voir fe couvrir promptement le
vifage avec un éventail de plu-

mes qu'elle tenoit à la main. Quel
audacieux mortel ose se présenter
à mes yeux , dit-elle alors. Ah !
Seigneur, je ne dois être vûë que
de votre seule Majesté ; le Roi
n'auroit pas eu besoin de regarder
la Statuë pour connoître la malice d'Uzum qui affectoit de le prendre pour un autre dans le miroir :
mais encore plus convaincu par
les ris de la Statuë , il dissimula son
chagrin , passa une partie du jour
avec elle , & la renvoya dans son
Pavillon d'où l'on appercevoit ses
cuisines.

Ce Monarque , piqué du peu de
sincérité des deux Sultannes, eut à
peine quitté Uzum , qu'il envoya
chercher Fonduk , c'étoit le nom
de la troisiéme : elle vint vers lui
avec toutes les démonstrations
de joye , il fut quelques heures
avec elle , & se mettant à une fenêtre du Salon , au - dessous du-

quel il y avoit un Baſſin rempli de
très-gros Poiſſons, il ſe fit apporter une pâte qu'il avoit coûtume
de leur jetter par petits morceaux.
Fonduk étoit à ſes côtés à prendre
ce divertiſſement , & à les conſi-
dérer , lorſqu'elle baiſſa tout d'un
coup ſon voile avec une extrême
précipitation. Baſſiry lui en ayant
demandé la cauſe, elle lui répondit avec une apparence d'ingé-
nuité, qu'elle venoit de faire réfléxion , que parmi ces Poiſſons,
il y en avoit de mâles , & ſurtout
un gros Brochet qui l'avoit regardé avec attention , & qu'il n'étoit
pas de la bienſéance qu'elle fût
vûë par d'autre que par Sa Majeſté. Baſſiry auſſi étonné de cette ré-
ponſe que de celles des deux autres Sultannes , fut confirmé par
les ris de la Statuë dans le ſoupçon
où il étoit que Fonduk ne valoit
pas mieux que les autres ; il n'en

témoigna pourtant rien, & la laif-
fant perfuadée qu'elle paffoit dans
fon efprit pour la plus fcrupuleu-
fe de toutes les femmes, elle retourna à fon appartement dont les
vûës s'étendoient fur le fleuve.

La quatriéme Sultanne fut auffi
mife à l'épreuve, elle fe nommoit
Abelmofche, * & avoit été choifie par le Vifir Abrouzanam. Le
Roi de Citor l'ayant fait appeller,
elle parut devant lui avec un air
de douceur & de fageffe qui ne
paroiffoit pas affecté, & fut plufieurs heures avec ce Monarque,
fans qu'aucune de fes paroles, ni
de fes actions lui fît foupçonner
qu'elle fût du caractere des trois
autres. Quelques difcours qu'elle
tînt au Roi ; quelque affurance
qu'elle lui donnât de fa tendreffe,
la Statuë ne faifoit aucun mouvement, & Baffiry convaincu plu-

* C'eſt-à-dire qui a l'odeur du Mufc.

fieurs jours de fuite de fa fidélité
& de la fincérité de fon cœur ,
refolut de l'époufer après avoir
renvoyé les trois autres ; il avoit
cependant une peine extrême à
les abandonner entiérement ,
mais ce qui lui arriva quelques
jours après , le détacha bien-tôt
de l'affection qu'il leur portoit.

Un jour que ce Monarque avoit
été à la chaffe , il lui prit fantaifie
d'aller paffer la nuit avec Sumboul ; après une legere collation ,
il fe mit au lit auprès d'elle , mais
la fatigue de la journée ne lui
ayant pas permis de s'entretenir
long-tems avec cette belle Sultanne , il fe laiffa bien-tôt aller au
fommeil qui l'accabloit. Quelle
fut fa furprife après quelques heures , lorfque s'étant reveillé , il ne
la trouva plus à fes côtés. Il prit
une bougie qui étoit allumée , &
ne la rencontrant pas dans tout

l'appartement dont les portes é-
toient fermées aux verou̇ils en dedans, il ouvrit la fenêtre qui n'é-
toit que pouſſée legerement ſans
être fermée, & y trouvant une
échelle de ſoye , il s'habilla promptement, prit ſon ſabre, deſcendit
par la même échelle, & apperçut
de loin de la lumiere dans une de
ſes écuries.

L X X X V.

QUART-D'HEURE.

B Aſſiry , Seigneur', pourſuivit
Ben-Éridou̇n, n'eut pas plûtôt vû de la lumiere dans ſon écurie , qu'il s'en approcha ; mais
quelle fut ſa confuſion d'appercevoir l'indigne Sumboul fondant
en larmes , pour quelques coups
qu'elle avoit reçû de l'eſclave, qui,
pendant la nuit , avoit inſpection

fur les chevaux de cette écurie,
& à qui elle proteftoit qu'elle
n'étoit venuë fi tard, que parce
que le Roi lui avoit rendu vifite,
& qu'elle n'avoit pû le quitter
qu'elle ne l'eût vû bien endormi.
Ce Monarque indigné d'un procedé fi lâche, & de la préference
que Sumboul donnoit à un vil Pal-
frenier, dégoûtant de fumier &
d'ordure, eut toutes les peines
imaginables à fe contenir. Son
premier mouvement fut de mettre en piéces cette malheureufe &
fon amant; mais différant fa vengeance, il retourna dans fon lit,
où Sumboul vint fe coucher une
heure après fans faire le moindre
bruit : le Prince fe leva à fon ordinaire, fans faire paroître toute
fa colere, & voulant connoître fi
Uzum reffembloit à cette lâche
Sultanne, il l'alla trouver le lendemain dans fon Pavillon, &

ayant affecté un profond sommeil
aussi-tôt qu'il se fut mis au lit ; il
la vit se relever doucement, prendre un simple robbe de gaze, &
descendre par un petit escalier,
dont lui seul croyoit avoir la clef,
& qui conduisoit à la cour des cuisines , & la suivant pas à pas, il
ne douta plus de sa prostitution,
la voyant embrasser avec la derniere tendresse , un Esclave noir
des plus affreux & des plus sales,
qui étoit employé ordinairement
aux plus basses fonctions de la cui-
sine. Le Sultan ne voulant pas en
voir davantage, retourna dans le
Pavillon , il se remit au lit , &
Uzum encore fumante de sa dé-
bauche , revint quelques heures
après , se coucher à ses côtés. Il
falloit avoir autant de modération
que le Roi de Citor en eut en ce
moment , pour n'avoir pas fait
connoître sur le champ son indi-

gnation aux deux perfides Sultannes ; mais voulant encore éprouver Fonduk & Abelmofche, il fe
rendit le foir du troifiéme jour
dans l'appartement de la premiere
de ces deux femmes , où après
avoir feint pareillement un extrême affoupiffement , il la vit fe
lever d'auprès de lui , traverfer
une grande cour & ouvrir une petite porte qui donnoit fur le bord
du Fleuve ; alors dépoüillant une
legere robbe de taffetas, elle s'attacha fous les bras une paire de
groffes callebaffes qu'elle tira de
deffous un rofier , & fe jettant
en chemife & en calçon dans le
Fleuve qui étoit prefque guéable
en cet endroit , elle le traverfa ,
& fe rendit à une petite cabanne
où demeuroit un jeune pêcheur.

Le Roi furpris de la téméraire
hardieffe de la Sultanne , ne l'eut
pas plûtôt vû entrée dans la ca-

banne, que quittant fes habits, il
paffa le Fleuve à la nage, & après
avoir jugé par lui-même de fon
deshonneur, il retourna fe mettre
au lit, où Fonduk revint le trouver. Il fe leva, comme il avoit fait
les jours précedens, d'auprès des
autres Sultannes, & ayant fait les
mêmes cérémonies avec Abelmofche le quatriéme jour, il la
fuivit de même qu'il avoit fait les
trois Sultannes ; mais quelle fut
fa joye de la voir entrer dans un
petit cabinet, où après avoir fait
l'ablution, elle fit une priere de
plus d'une heure, & revint enfuite fe mettre dans fon lit. Le Sultan perfuadé par plufieurs épreuves réïterées de fa vertu, prit la
réfolution de l'époufer, après a-
voir puni les trois perfides Sultannes, d'une maniere fort extraordinaire.

Voici, Seigneur, comment il
fe

se vengea. Sumboul pour aller trouver l'Esclave qui avoit soin des chevaux du Roi, étoit obligée de passer au travers une petite écurie dans laquelle étoit ordinairement un Mulet d'une force & d'une fureur si extraordinaire, lorsqu'il étoit en liberté, que le Roi prenoit souvent plaisir à le faire battre contre les animaux les plus farouches. Ce Prince ordonna à son principal Palfernier de le laisser en liberté dans son écurie, & de retenir plus tard qu'à l'ordinaire l'Esclave noir qui étoit le vil objet de la tendresse de la Sultanne. Ce que Bassiry avoit prévû arriva ; comme Sumboul ne passoit gueres de nuits sans aller trouver son Amant, elle ne fut pas plûtôt entrée dans cette écurie dont elle ferma la porte, que le Mulet qui n'étoit point attaché, se jetta sur elle & la déchira en morceaux.

Pendant que cette tragique fcene fe paffoit, les deux autres Sultannes n'eurent pas un meilleur
fort ; le Roi de Citor ayant fait enlever douze marhes de l'efcalier
qui conduifoit aux cuifines, Uzum
en allant voir fon Amant, fe rom-
pit le col dans l'obfcurité : & comme Baffiry avoit remarqué le lieu
où Fonduk alloit prendre fes ca-
lebaces, les ayant percées dans
plufieurs endroits, à peine cette
malheureufe Sultanne fe fut-elle
abandonnée au fleuve, que l'eau
entrant de tous côtés dans les ca-
lebaces, elle alla bientôt éteindre dans les eaux fes infâmes ardeurs.

Le Roi de Citor fut à peine
vengé, qu'ayant fait affembler
fon Divan, il apprit à fes Vifirs la
punition qu'il avoit faite des trois
Sultannes, & après avoir éxalté la
vertu d'Abelmofche, il l'époufa

publiquement, & eut de cette sage
Reine, une nombreuse posterité,
qui regna jusqu'au tems que Badur Sultan de Cambaye, ayant
détruit la Ville de Citor, se fut
rendu maître de tout le Royaume.

J'ai reçû tout le plaisir possible
au récit de cette histoire, dit alors
Schems-Eddin ; la vengeance du
Roi de Citor me plaît infiniment ;
sans tremper sa main dans le sang
de ces lâches Sultannes, il trouva
le moyen de les punir par l'endroit même par où elles l'avoient
offensé. Seigneur, reprit Ben-
Eridoün, je sçai une autre Histoire
à peu près dans le même goût ;
il n'en coûte la vie à personne ;
mais la maniere dont on punit l'infidelité d'un Visir envers son
Maître, est si singuliere, que je
ne doute point que votre Majesté
ne l'écoute volontiers. Tu m'obli-

geras fenfiblement de m'en faire
le récit, dit le Roi d'Aſtracan;
alors Ben-Eridoün commença à
peu près en ces termes.

HISTOIRE.

De Bagdedin.

IL y avoit autrefois à Babilone
un Sultan qui, d'une premiere
femme qui étoit morte en couche, avoit un fils nommé Bagdedin. Après avoir pleuré plusieurs
jours la perte d'une personne qui
lui étoit si chere, ce Monarque
sentit bientôt de nouvelles ardeurs pour une Cachemirienne
d'une rare beauté, dont un de ses
tributaires lui avoit fait présent.
Cette aimable fille étoit ornée de
tant de graces, qu'elle eut bientôt
gagné les affections du Sultan, qui
pour n'avoir rien devant les yeux
qui pût lui rappeller sa premiere
femme, remit Bagdedin entre les

mains d'un de ſes Viſirs, avec ordre de ne le lui jamais préſenter
ſans un commandement exprès.

LXXXVI.

QUART-D'HEURE.

PEndant l'abſence du jeune
Prince qui pouvoit avoir
quinze ans, lorſqu'il eut le malheur de perdre ſa mere. Kourma,
c'eſt le nom de la nouvelle Sultanne, profita ſi bien de ſa faveur,
qu'occupant ſeule le cœur du Sultan, elle diſpoſoit entierement de
tout l'Empire, & qu'on lui faiſoit
la cour préferablement à ce Monarque. Un jour que ce Prince
qui avoit entierement oublié Bagdedin, chaſſoit dans une Forêt à
trois ou quatre lieuës de Babilone;
un Lion qui avoit été bleſſé par ſes
Chaſſeurs, vint écumant de rage

dans une route fort étroite où il étoit; le Sultan déja âgé, n'avoit en ce moment auprés de lui que quelques Esclaves timides, qui furent tellement effrayés à l'aspect de cette affreuse bête, qu'ils prirent aussitôt la fuite: quelque brave qu'il fût lui-même, ne croyant pas devoir attendre la fureur du Lion, il fuyoit à toutes jambes, & ce furieux animal étoit prêt à se jetter sur la croupe de son cheval, lorsqu'un jeune homme à pied, armé seulement de son sabre, se jettant audevant du Lion, lui abattit la tête d'un seul coup. Le Sultan fut si surpris de la bravoure de ce jeune homme, que mettant pied à terre, il courut l'embrasser. Qui que vous soyez, lui dit-il, vous venez de sauver la vie au Sultan de Babilone qui n'en sera point ingrat. Ah! Seigneur, répondit l'inconnu, en se prosternant la face

contre terre, quelles graces n'ai-
je point à rendre au Souverain
Prophete, de m'avoir conduit en
ces lieux pour sauver la vie à l'illustre Monarque qui m'a donné le
jour ; j'apprendrai du moins de sa
bouche, quel crime a commis l'infortuné Bagdedin, pour avoir été
privé jusqu'à présent de son Au-
guste présence. Le Sultan aussi surpris que confus, fut quelque tems
sans répondre aux justes repro-
ches de son fils ; mais ayant retrou-
vé en lui tous les traits de la Sultane sa mere. Ah mon fils ! lui dit il,
en l'embrassant de nouveau, mon
cher Bagdedin, oubliez de mal-
heureuses raisons, qui vous ont
fait vivre jusqu'à présent dans un
exil si dur ; je me repens de cette
espece de cruauté, & je veux réparer ma faute par une conduite
toute opposée à celle que j'ai tenuë
jusqu'ici avec vous.

Les

Les Vifirs qui s'étoient égarés,
étant en ce moment arrivés au
bruit d'un petit cor d'argent que
portoit ordinairement le Sultan
de Babilone, il leur préfenta fon
fils comme fon liberateur, & leur
ordonna de le regarder comme le
légitime fucceffeur de l'Empire de
Babilone.

Le Sultan de retour de la chaffe,
préfenta le jeune Prince à Kourma. Cette Sultane qui comptoit
que l'Empire pafferoit fur la tête
de l'un de fes enfans, fut dans une
rage inconcevable de cette fatale
avanture : cependant diffimulant
parfaitement fes penfées, elle ac-
cabla Bagdedin de careffes.

Le jeune Prince qui ne fe méfioit
pas des artifices de la Sultanne, vivoit à la Cour dans une parfaite
tranquillité, lorfqu'un jour, qu'il
fe promenoit de grand matin dans
les jardins du Palais, il entendit

deux perſonnes qui exprimoient
leurs paſſions avec beaucoup de vi-
vacité. Quelle fut ſa ſurpriſe, lorſque s'approchant de plus près, il
reconnut à travers une paliſſade la
Sultanne Kourma, femme de ſon
pere, entre les bras d'un de ſes Viſirs. Peu s'en fallut qu'outré de
colere, il ne tranchât la tête à l'un
& à l'autre ; mais appréhendant
de déplaire au Sultan, il ſe retira
pénetré de douleur. Comme il ne
pouvoit s'éloigner de ce lieu ſi
doucement qu'il ne fît quelque
bruit, ces deux Amans ſortans
bruſquement de leur poſte apper-
çûrent le Prince ; ils ſe crurent
perdus, & ne doutant pas qu'il
n'allât découvrir leur crime, ils
réſolurent de le prévenir. Pour cet
effet, le Viſir s'étant préſenté
quelques heures après devant le
Sultan, ce Monarque remarqua
ſur ſon viſage une profonde triſ-

teſſe. Qu'avez-vous, Viſir, lui dit
le Sultan, je vous ordonne de me
l'apprendre ? le ſcelerat feignant
alors de ſe trouver très-embaraſſé :
je ne dois point, Seigneur, répondit-il, être accuſateur de qui que ce
ſoit, cela ne convient pas à la di-
gnité à laquelle votre Majeſté a
daigné m'élever. Mais d'un autre côté votre honneur m'oblige à
vous reveler un crime dont l'im-
punité eſt d'une très-dangereu-
ſe conſéquence ; oüi, Seigneur,
m'en dût-il coûter la tête, je vais
vous apprendre le motif de ma
juſte douleur.

LXXXVII.

QUART-D'HEURE

LE Visir feignit encore d'hésiter à s'expliquer ; mais en
ayant reçû l'ordre exprès du Sultan ; j'ai vû, Seigneur, ce matin
le Prince Bagdedin votre fils, vouloir employer la violence auprès
de la Sultanne votre Epouse, & si je
ne fusse arrivé assez à propos, peut-
être lui en coûtoit il la vie, puisque le Prince, sans avoir égard à
votre honneur, menaçoit Kourma,
un Poignard à la main, de lui percer le cœur, si elle ne répondoit
à ses infâmes désirs. Mon silence,
Seigneur, m'auroit rendu criminel auprès de votre Majesté ; mais
le Prince m'arrachera la vie, s'il
sçait que je vous aye revelé un affront auquel la Sultanne ne veut

point furvivre. Je l'empêcherai
bien de te nuire, s'écria le Sultan
en fureur ; qu'on fasse venir Kourma. Aussitôt la Sultanne paroiffant fondante en larmes, elle confirma les difcours du Visir, & redoubla la rage du Sultan à un tel
point que, fans vouloir écouter la
juftification du Prince, il lui ordonna fur le champ de fortir de
fes Etats, & le déclara incapable
de jamais fucceder à l'Empire de
Babilone.

Quelque douleur que reffentît
Bagdedin d'un ordre aussi injufte
& aussi cruel, il obéït aussi-tôt, &
s'éloigna au plûtôt d'un lieu où
Kourma & fon amant avoient juré fa perte. Ce Prince après avoir
été prendre congé du Visir, qui
avoit eu foin de fon enfance, dont
il reçut deux bourfes, & plufieurs
pierreries de prix, fe mit en chemin dans l'intention de fe retirer

en Perſe: après pluſieurs mois de
marche , un jour qu'il approchoit
d'un petit Village , il apperçut un
Tigre monſtrueux qui emportoit
dans ſa gueule un enfant envelop-
pé de ſon maillot ; la pitié excitant
alors la généroſité du Prince, il
courut après cette fiere bête , qui
ayant quitté ſa proye , voulut ſe
lancer ſur lui : Bagdedin eut alors
beſoin de toute ſon adreſſe , & s'é-
tant jetté en bas de ſon cheval , il
ſauta ſur le dos du Tigre dont il
ſaiſit les oreilles avec tant de force , que cet animal contraint d'o-
béïr à ſon Ecuyer , ſe laiſſa mener
comme s'il eût été une bête de
monture : le Païſan dont il avoit
emporté l'enfant, s'étoit armé de
fourches avec pluſieurs de ſes camarades, & pourſuivoit ce furieux
animal, lorſqu'il apperçut le Prince qui le domptoit , & qui lui
ayant quitté l'oreille droite , lui

porta plusieurs coups de poignard
dans la gorge, dont il expira. Cette maniere de combattre une bête
aussi cruelle, ayant paru fort extraordinaire à ce Païsan, il regarda le Prince avec admiration, &
l'ayant remercié d'avoir si géné-
reusement sauvé la vie à son fils,
il le pria de venir loger dans sa
maison : Bagdedin accepta ses offres ; cet homme le reçut de son
mieux, & après lui avoir servi un
repas fort honnête, Seigneur, lui
dit-il, vous n'avez pas obligé un
ingrat ; pour vous remercier du
service important que vous m'avez
rendu au péril de votre vie, je
veux vous faire présent d'un papier qu'un de mes freres m'a laissé
cacheté en mourant. Comme il
avoit la réputation d'être un des
plus habiles hommes de ce Païs,
il m'a bien recommandé de ne le
confier qu'à un homme sage, &

m'a affuré qu'il y avoit renfermé
des fecrets merveilleux ; je ne fçai
pas lire , & je n'ai jufqu'à préfent
trouvé perfonne à qui j'aye voulu
faire voir ce qui eft contenu dans
ce paquet ; alors le Païfan fe levant de la table où le Prince avoit
voulu qu'il mangeât avec lui , alla
chercher dans une petite armoire
le papier qu'il lui remit : auffitôt
Bagdedin l'ouvrit, & n'eut pas plûtôt jetté la vûë deffus, qu'il fe mit
à rire , en y lifant trois fecrets qui
confiftoient en paroles mifterieu-
fes, par le moyen defquelles on fe
rendoit invifible ; l'on pouvoit
prendre la figure de telle perfonne
que l'on fouhaitoit, & l'on avoit
droit de commander aux Génies
de tous les Elemens. Mon ami, dit-
il au Païfan ; votre frere a voulu
fe réjoüir à vos dépens, fi c'eft-là
tout l'héritage qu'il vous a laiffé ,
vous ne devez être gueres riche ,

je vous conseille de jetter ce papier au feu, & de ne point donner matiere à vos camarades de se mocquer de vous, en marquant trop de crédulité sur une pareille matiere. Seigneur, reprit le Païsan, je vous ai déja dit que mon frere étoit habile homme ; je suis sûr que ces secrets sont vrais, il en sçavoit de très-curieux, & je veux à ce sujet vous raconter une petite histoire. Nous étions un jour à une lieuë d'ici à nous réjoüir, lorsque nous rencontrâmes un Marchand de Moutons qui en conduisoit un troupeau de plus de cinq cens ; mon frere me dit en riant, veux-tu manger d'un de ces Moutons sans qu'il nous en coûte rien ? Eh ! comment ferez-vous, lui dis-je alors ? tu le vas voir, me répondit-il ; alors abordant le Marchand, combien me vendrez-vous le plus gras de ces Moutons ? vingt pieces

d'argent : vous vous mocquez, lui
dit mon frere ; je croirois être
trompé, fi j'en avois feulement
donné fix : ils difputerent quelque
tems fur le prix, & mon frere pendant ce tems, ayant choifi le plus
beau Mouton du troupeau, le jetta
fur fon épaule & s'enfuit de toutes
fes forces. Le Marchand fe mit à
courir après lui, & l'ayant joint,
l'arrêta par le bras, en lui difant
qu'il ne le lâcheroit pas qu'il ne lui
rendît fon Mouton, ou qu'il ne
lui en eût payé la valeur. Mon frere ayant fait beaucoup de réfiftan-
ce, le Marchand le tira avec tant
d'effort, qu'il lui arracha le bras
qui lui refta dans les mains ; jamais
homme ne fut fi effrayé : pour
moi, Seigneur, qui ne m'attendois pas à voir ainfi enfanglanter
la fcene, j'en penfai tomber évanoüi ; mais le Marchand ayant
repris l'ufage de fes fens, &

croyant avoir tué, ou tout au
moins eſtropié un homme, ſe mit
à fuïr de toutes ſes forces, & ne
parla plus de ſe faire payer de ſon
Mouton. J'étois au déſeſpoir de
voir mon frere qui verſoit un tor-
rent de ſang par l'énorme playe
qu'il avoit à l'épaule, lorſque ſe
levant tout d'un coup de terre,
où il s'étoit jetté, je lui vis ſon
bras ſain & entier, & j'apperçûs
que le Marchand n'avoit emporté
qu'un membre de ſon Mouton qui
lui avoit paru être le bras de mon
frere. Nous ramaſſâmes l'épaule
de Mouton que le prétendu homi-
cide avoit jetté de frayeur à quelques pas de nous, & nous nous en
retournâmes au logis en riant de
la fuite du Marchand, aux dépens
duquel nous fîmes bonne chere
pendant pluſieurs jours. Voilà,
Seigneur, continua le Païſan, un
des moindres tours de mon frere;

jugez , puifque par de tels prefti-
ges il trouvoit le fecret d'éblouïr
ainfi les yeux des hommes, s'il ne
falloit pas qu'il fût des plus verfez
dans la fcience que nous appellons
Scâbedat & Simia. *

Bagdedin au recit d'une avanture auffi finguliere, que le Paï
fan affuroit être arrivée en fa prefence, fut tenté d'éprouver quelques-uns des fecrets qui étoient
dans le papier. Il n'eut pas plûtôt
prononcé les paroles qui y étoient
marquées pour commander aux
Genies de l'air, qu'un de ces efprits
élementaires fe préfentant fous
une figure gracieufe , lui demanda ce qu'il fouhaitoit de lui.

* Cela fignifie la Magie naturelle & fuperfti-
tieufe.

LXXXVIII.

QUART D'HEURE.

LE Prince aussi surpris que le
Païsan étoit effrayé, répondit sans hésiter au Génie qu'il
voudroit bien être transporté sur
l'heure dans les Jardins du Serail
de Babilone ; cela fut executé dans
le moment même, & il fut enlevé
avec une si grande vîtesse qu'il n'y
eut presque point d'intervale entre
le souhait & son exécution. Bagdedin, persuadé alors de la capaci-
té du frere de ce Païsan, ne se vit
pas plûtôt dans le Serail, que prononçant les paroles qui devoient
le rendre invisible, il se fit conduire par le même Génie dans le
lieu où étoit alors la perfide Kourma. Quelle fut son indignation de

la trouver dans un Bofquet du Jardin tête à tête avec le Vifir fon favori ; il en fut fi outré de colere, que caffant une branche d'arbre d'une groffeur raifonnable, il fondit fur lui, le terraffa, & lui donna tant de coups de bâton, qu'il le laiffa pour mort.

Quelque tendreffe que la Sultanne eût pour fon Amant, comme elle l'entendoit faire des cris affreux, fans voir, ni celui qui le frappoit, ni le bâton dont Bagdedin l'affommoit, elle attribua cette avanture au mal-caduc ; elle appréhenda d'être furprife avec lui, & fe retira très-affligée dans fon appartement, par un petit Jardin qui communiquoit au grand, & dont le Roi feul & elle avoit la cief.

Le Prince ayant ceffé de maltraiter le Vifir, ce malheureux fe traîna avec beaucoup de pei-

ne, jufqu'à la porte par où il étoit
entré, & y trouvant l'Eunuque
noir qui avoit la garde des Jardins,
dont il lui avoit permis l'entrée,
il le pria de le faire porter dans
fon Palais, où il fe fit mettre au
lit. En vain l'Art des Médecins &
Chirurgiens fut employé pour lui
faire paffer les meurtriffures qu'il
affûroit lui être venuës d'une chûte de fon cheval, qui enfuite l'a-
voit foulé aux pieds. Le Génie
qui étoit au fervice de Bagdedin,
avoit mêlé dans toutes les drogues
dont on le frottoit, un jus d'herbe, qui, loin de le guérir, le rendoit encore plus affreux & plus
malade, de forte qu'outre l'extrême douleur qu'il fouffroit, il
étoit devenu plus hideux que le
More le plus effroyable.

Si la Sultanne, qui étoit ren-
trée dans fon appartement, fans
que qui ce foit fe fût apperçû de

la fortie , s'eftimoit heureufe
d'être échappée d'un auffi grand
péril , elle étoit d'un autre côté
au défefpoir de fçavoir le Vifir
dans cet état.

Bagdedin à qui , par le moyen
du Génie , rien n'étoit impoffible,
fe traveftit au bout de huit jours
en vieille , fi méconnoiffable , par
la vertu des paroles qui étoient
dans le papier que lui avoit donné
le Païfan , que le Sultan de Babilone fon pere y auroit été trompé ;
fes rides la faifoient paroître fi dé-
crepite qu'elle pouvoit affûrer
avoir vû plus d'un fiécle ; en cet
état , elle fe prefenta à la porte du
Vifir , & demanda à lui parler en
particulier : on l'introduifit dans
fon appartement , elle prit un fau-
teüil , & s'étant mife au chevet
de fon lit : mon fils , lui dit elle
d'une voix tremblante , j'apprens
que depuis plufieurs jours , l'Art
des

des Médecins & Chirurgiens a
échoüé auprès de vous, je veux
feule entreprendre une fi belle
cure, fans vous faire prendre aucune boiffon , fans vous frotter
avec tous leurs baumes : ce feul
cachet vous remettra dans le même état que vous êtiez avant votre chûte. Ce feul cachet, s'écria
le Vifir : ah ! cela eft impoffible.
Nullement , reprit la vieille , &
vous en ferez l'expérience fur le
champ, fi vous le fouhaitez. L'o-
pération eft un peu violente, je
l'avoüe, mais je puis vous affûrer,
fur ma tête, qu'elle eft imman-
quable ; faites feulément apporter un vafe rempli de charbons
allumés, & préparez-vous à fouffrir que je vous imprime ce cachet brûlant fur les deux feffes.
Le Vifir frémit à cette propofition, & alloit témoigner toute fa
colere à la vieille, qu'il prenoit

pour une folle, lorſque le preve-
nant, & ſans s'émouvoir : Seigneur, lui dit-elle, faites attention à ce que je vous propoſe ; un
inſtant de douleur un peu vive,
va vous tirer d'affaire, & ſi je ne
réüſſis pas, faites-moi expirer dans
les plus cruels ſupplices : ces paroles prononcées d'un ton ferme,
le déterminerent. Il conſentit à
l'opération, & la vieille ne lui eut
pas plûtôt appliqué ſon cachet
tout rouge, que le Viſir, après
avoir pouſſé deux cris ſemblables
aux mugiſſemens d'un Taureau,
ſe trouva parfaitement guéri, &
que la couleur de ſa peau fut entierement rétablie ; mon enfant,
lui dit la fauſſe vieille, le voyant
tranſporté de joye : je vous ai tenu
parole, mais il y a encore un re-
gime de vie à obſerver, il faut au
moins pendant un mois, vous abſ-
tenir de toucher à aucune femme,

sinon vous retomberez dans le
même mal , & je n'aurai plus le
pouvoir de vous guérir. Le Visir,
Seigneur, fut presqu'aussi chagrin
de cette ordonnance que de la premiere ; mais , après avoir récom-
pensé magnifiquement la vieille ,
il la congédia & lui défendit sous
peine de la vie de jamais parler du
secret dont elle s'étoit servie pour
le guérir.

Bagdedin fut à peine sorti d'a-
vec le Visir , qu'il reprit sa forme
naturelle , & se rendit invisible ;
accompagné du Génie , il ne quittoit presque point Kourma , & témoin de toutes ses actions , il eut
la douleur de voir l'extrême joye
qu'elle ressentit de la guérison de
son Amant. Comme le Sultan de
Babilone avoit une confiance a-
veugle en sa vertu, il ne la tenoit
point renfermée , comme c'est l'u-
sage dans tout l'Orient , & le Visir

avoit fçû tellement gagner l'efprit
de ce Monarque, qu'il ne lui in-
terdifoit point l'entrée du Serail
dans de certaines heures. La liberté que ces deux Amans avoient
de fe voir & de fe parler, renoüa
bien-tôt leur commerce; les charmes de Kourma firent oublier au
Vifir les feveres défenfes de la
vieille, & malgré fes promeffes,
il s'expofa de nouveau à un malheur pareil à celui dont il fortoit.

Bagdedin qui ne lui avoit im-
pofé cette loi que pour tâcher de
lui faire oublier la Sultanne, n'eut
pas plûtôt connu que ce perfide
Vifir continuoit à deshonorer le
lit de fon pere, que fe livrant à la
colere la plus violente, il refolut
de ne plus garder de mefures.
Pour cet effet, il prit la forme
d'un vénérable vieillard, & fe
préfenta le lendemain devant le
Trône du Sultan.

LXXXIX.

QUART-D'HEURE.

BAgdedin, Seigneur, fous la figure d'un vieillard, s'étant approché du Trône du Sultan de Babilone, aux pieds duquel étoit affis le Vifir, pria ce dernier de lui prêter cent fequins d'or ; le Vifir ayant regardé cette demande comme venant d'un extravagant, n'y répondit pas d'abord, mais enfuite s'en trouvant importuné, il donnoit ordre qu'on le chaffât, lorfque Bagdedin lui donna un fi furieux foufflet qu'il le jetta à la renverfe. Une hardieffe fi extraordinaire alloit lui coûter la vie, lorfqu'élevant la voix : Puiffant Monarque, dit-il au Roi de Babilone, je mérite la mort

pour avoir manqué de refpect à ta
Majefté, mais je la fupplie de pardonner un fi jufte mouvement de
colere, & de vouloir m'écouter.
Ce perfide que ta bonté a élevé à
un rang qui fait l'envie de tout
Babilone, eft mon efclave; après
s'être lâchement noirci envers
moi des crimes les plus odieux,
il s'eft fauvé; je n'en ai point eu
de nouvelles depuis dix ans, & le
hazard me le fait retrouver prefque fur le Trône. Dis-moi, ingrat,
continua Bagdedin en colere, en
adreffant la parole au Vifir; fans
l'éducation que je t'ai donné, fe-
rois-tu jamais parvenu à ce haut
degré de faveur que tu mérite fi
peu? ébloüi par tant de richeffes,
tu m'éconnois Arefy ton ancien
Maître. As-tu déja oublié que tu
portes fur toi les marques de la
fervitude dans laquelle tu devrois
être encore, & n'as-tu point de

honte de refuſer de lui rendre les cens ſequins d'or que tu lui as volé, tu ne fus jamais qu'un perfide : je t'ai aimé comme mon propre fils : & tu m'as traité avec indignité. Ah ! ſi je découvrois au Sultan la maniere dont je ſuis inſtruit que tu réponds à toutes ſes bontés, la moindre punition qu'il exerceroit envers toi, ſeroit de te faire rentrer dans l'eſclavage.

Le Sultan ſurpris de la gravité avec laquelle parloit ce vieillard & de l'étonnement de ſon favori, ne ſçavoit que penſer d'une avanture auſſi axtraordinaire, & voulant ſavoir de quels crimes le Viſir pouvoit être coupable, il ordonna à l'un & à l'autre d'entrer dans ſon cabinet. Vieillard inſenſé, dit-il alors, ta témerité & ton extravagance méritent une punition exemplaire; de quoi oſes-tu

accuſer mon Viſir ? Du crime le
plus noir, reprit le vieillard avec
fermeté ; l'infâme proſtitution de
ta Sultanne favorite avec ce ſcelerat, ayant été découverte par ton
fils Bagdedin ; comme un abîme
en attire un autre, & qu'ils ont
craint le juſte châtiment de leur
perfidie, ils l'ont accuſé devant
ton Trône d'une horrible violence, qu'il eſt incapable de commettre : ſon innocence opprimée l'a
réduit à un triſte exil, qu'il ſouffre
ſans ſe plaindre, il m'a lui-même
raconté ſes malheurs, & j'ai entrepris de venir ici détromper un
pere fauſſement prévenu contre
lui. Ne te laiſſes point ébloüir,
grand Monarque, par les larmes
d'une femme qui te trahit, & par
l'éloqueuce d'un perfide Viſir ; il
eſt ac coûtumé au crime dès ſa jeuneſſe, & pour te prouver tout ce
que je t'ai dit de ſes mauvaiſes inclinations

clinations qu'il fut mon Esclave,
& qu'il étoit digne des plus rudes
châtimens : je lui ai moi-même
appliqué mon Cachet brûlant sur
les deux fesses, & me suis conten-
té d'une punition si legere, pour
un crime qui méritoit la mort,
puisqu'il avoit médité de m'em-
poisonner.

Le Visir, qui étoit dans la derniere surprise de voir les principales actions de sa vie dévoilées
aux yeux du Sultan, ne se vit pas
plûtôt accusé du commerce criminel qu'il avoit avec la Sultane,
& de la calomnie atroce dont il
avoit usé envers Bagdedin, qu'une
frayeur extrême parut sur son visage. Mais que devint-il, quand
le vieillard tira son Cachet de sa
poche, & qu'il le reconnut pour
être celui dont il portoit les marques ? Il ne put soûtenir cette der-

niere preuve de son infamie, &
tomba évanoüi aux pieds du Sultan de Babilone.

Fin du second Volume.

TABLE

Des Histoires contenuës en ce second Volume.

Tome II.   a

Fin de la Table du Tome II.

LES

www.ingramcontent.com/pod-product-compliance
Lightning Source LLC
Chambersburg PA
CBHW050738030726
47505CB00002B/304